ぴりりと可《から》楽《く》！

吉森大祐
Daisuke Yoshimori

講談社

◉目次

【一】神田豊島町の下りモン……5
【二】下谷稲荷の粗忽者……39
【三】呼ばれて飛び出た半竹モン……62
【四】武州漂流　越ケ谷　松戸……85
【五】下総松戸の謎かけ男……109
【六】江戸川　中川　舟で往復　めっけもの……150
【七】可楽誕生……187
【八】江戸に帰って神頼み……223
【九】偉そうな奴らに見せつけろ……254
【十】穴稲荷のお紺……292
【十一】元祖の二文字……321

装画　つよ丸
装幀　坂野公一 welle design

ぴりりと可楽！

【一】 神田豊島町の下りモン

うららかに晴れた寛政十年（一七九八）の初夏。

華のお江戸は下町入谷《いりや》、粗末な長屋が立ち並ぶ七軒町《しちけんちょう》の三味線《しゃみせん》堀に、小さな櫛工房の〈京《きょう》屋《や》〉があった。

「よっこらせッ――と」

朝いちばんで窯に火を入れ、櫛板を燻《いぶ》しにかかるのは二十二歳になる職人の又五郎《またごろう》である。慣れた手際で窯の扉をあけ、生の櫛板をつるして火を入れた。

乾いた黄楊《つげ》の、木の香り……。

工房のあちこちに、櫛板が干してある。

「今どき、うちの親方だけだぜ、ここまでやる頑固者はよ」

又五郎は、呟いた。

九年前、髪結いのオヤジの紹介で櫛職人の奉公に入った。

何年も修業して、一通りの仕事は覚えたが、奉公人は自分ひとりなので、なかなか下働きから抜け出せない。

「いいかげん、誰か入ってこねえかなァ」

何度か年下の奉公人が入って来たことはあったが、親方の源兵衛《げんべえ》が厳しすぎて居つかない。今どき、薩摩わたりの上等な櫛板だけを選んで仕入れ、二年も三年も乾きを入れて使う職人はいない。たいていは、相模あたりの材木を使って、半年の部屋干しと箍締《たがじ》めで、ちゃちゃっとそれらしく仕上げてしまう。

しかし親方は、一向に流儀を変える様子がない。

弟子に任せて新しいやり方を試そうという気もないようだ。

「最近じゃァ、おいらの櫛だってなかなかのモンだと思うんだけどな」

又五郎は思うのだ。

親方は、又五郎が創ったどんな些細な細工物でも目を通し、必ずさっと手を入れる。

櫛の歯の底を砥草《とくさ》で磨くことを〈根擦《ねず》り〉というが、どんなに丁寧に削った櫛でも、又五郎の根擦りの甘さを見逃すことはなかった。

(ガキ扱いってことさ)

又五郎は内心思っている。

(胸を病みそうな煙の臭い。もう、飽き飽きだぜ)

又五郎は思ったが、他に行くところもない。

元が裏店《うらだな》生まれの貧乏人。

両親なんざはとっくに死んで、戻る場所などありゃしないのだ。

やがて六つ半(午前七時)の鐘が鳴ると、苦虫《にがむし》を嚙みつぶしたような顔つきの親方が起きてきて、一人娘の於奈津《おなつ》の給仕で朝メシを食う。

ほかほかのメシと、汁と、香のものにメザシがつくのは職人風情《ふぜい》には贅沢だったが、それが京屋のしきたりだった。

娘の於奈津は、今年十七。

近所じゃ目鼻立ちのくっきりした別嬪《べっぴん》だと評判だったが、名の通った職人の娘だという誇りがあるのか、気が強くって口が悪い。

「やだ、又五郎さん、手が炭で真っ黒じゃァないのさ。井戸に行って洗ってきてよ、汚いなあ」

ぐらいは平気で言う。

親方は、

「まだ半竹モノだが、京屋で九年も勤めたことは褒めてやる。あと十年もすりゃあ、なんとか形になるだろう」

などと言った。

あと十年——そんなに？

そう思うと眩暈《めまい》がするが、

「せいぜいてめえは、京屋の婿に入れ。たっぷりと修業させてやらあ」

などと言われれば、小さくなって聞いているしかない。

於奈津もそのつもりなのか、モテるわりには男を作るでもない。が、なにぶん九年も一緒にいるので、兄妹みたいなモンだ。

このまま夫婦になるのかなあ。

（色気もなにも、ありゃしねえ）

困ったものである。

メシが終わるといよいよ仕事だ。

糸鋸《いとのこ》、鉋《かんな》を工台に出し、砥草を煮出して、椿油を手に薄く塗る。

その日も工房で、師弟それぞれが作業場に座り、鋸を取り出して、櫛の歯引きに歯擦り、根引きに根擦りと、それぞれの仕事に励んでいた。

ようやく午《ひる》に差し掛かったとき、幼馴染の小鉄《こてつ》が、工房に飛び込んできた。

「て、てえへんだ、てえへんだい！」

小鉄は十七。

神田連雀町《れんじゃくちょう》の古い蔵に住み、神田や下谷で渡り奉公をしている半竹モノで、酒を呑んだときに披露する芸から、通り名を〈呼び出し小鉄〉と言った。

髷《まげ》を細くひねり、着物の裾をちょいとからげ、細い眉が吊り上がった憎体《にくてい》な顔つき。ガキの頃、奉公人仲間の遊び場で喧嘩を助けた縁もあり、又五郎をアニキと呼んで腰ぎんちゃくになっている。

「なんだよ、うるせえな。仕事中だぜ、後にしな」

又五郎は、砥草の皮を棒に巻きつけながら言った。

「それどころじゃないンだよ、アニキ」

小鉄は息を切らせて、カン高い声を出す。

すると声を聞きつけて、奥から於奈津が顔を出した。

「あれ、小鉄ちゃん」

「あ、於奈津ちゃん」

小鉄は、ぴょこりと頭をさげる。

於奈津は、藍《あい》の小袖に島田髷。

くりくりの目に、小ぶりだが形の良い鼻。

その下に、桜色の唇が、愛らしくほころんでいる。

「どうしたんだい？　慌てふためいて」

「どうもこうもねえや。一大事だよ、一大事」

「稲荷様に狐でも出たのかね」

「バカ言ってるンじゃァねえよ、殴り込みだよ、殴り込み」

「えッ」

思わず又五郎は顔をあげた。

火事と喧嘩は江戸の華。

喧嘩と聞いて黙っていたんじゃァ、江戸っ子の名折れである。

「どこでえ？」

「神田でえ」

「神田は広いぜ」

「豊島町《としまちょう》だよ。佐久間河岸《さくまがし》の向こうッ側さ。それもただの殴り込みじゃァないぜ。お笑いの殴り込みだい」

「お、お笑いのォ？」

又五郎は目をむいた。

思わず、奥に座っている親方を見る。

親方は、工台をにらみつけ、額に汗を浮かべながら、ぎいい、ぎいい、と櫛の歯を引いていた。

なにもあんなに怖い顔をしなくてもいいのに——又五郎は思いながら、声をひそめて小鉄に聞く。

「詳しく聞かせろ、お笑いの殴り込みだと？」

「上方大坂《かみがたおおざか》のお笑い『頓作《とんさく》軽口』のハナシカってえ野郎が、お膝元に出て来やがった。広小路でチラシを配ってやがる！」

「と、頓作軽口？　聞いたことがねえぞ」

「上方の洒落噺《しゃればなし》だとよう」

「な、なんと」

確かにそれは、聞き捨てならない。

江戸の洒落噺は『軽口剽軽《ひょうきん》』という。

近頃江戸ではそいつが大流行《おおはや》りだった。

町人どもは大抵が貧乏だから、道具が要るような道楽は受け付けない。その点、洒落噺はカネがかからないからいいっていうンで、若い連中が町内ごとに集まって〈お笑い講〉を作り、ハナシの腕を競っている。

又五郎もここ数年、すっかり夢中になっていたのだ。

「近々、神田で興行を打ちやがるンだとよ」

「興行だとう？」

江戸で洒落噺の興行をやるなんて、聞いたこともない。

「確かに、そいつは聞き捨てならねェ！」

「だろ？　ふざけてやがるぜ」

「棟梁《とうりょう》はなんて言ってる？」

「わからねえ。だが、こいつは一大事だってンで、江戸じゅうのお笑い講の連中が、棟梁ンとこに駆け付けてやがる。どうするよぉ、アニキよぉ」

小鉄は興奮しきっている。

寛政十年のこのとき、江戸じゅうの町人どもが夢中になっていた洒落噺『軽口剽軽』の総元締めは、本所相生町《ほんじょあいおいちょう》に住む大工の棟梁、中村英祝《ひでのり》であった。

五十がらみの中年男で、安永天明の時代から鳴らした遊び人の筆頭である。

普段は公儀の小普請方を承る名の知れた大工の棟梁でありながら、ひとたび夜の宴席に出れば、シャレたセリフに頓智《とんち》を繰り出して、遊び慣れた粋人たちを唸らせる軽口が自慢。

これぞ江戸っ子の『粋の極み』だってンで、歌舞伎の市川團十郎《いちかわだんじゅうろう》、浄瑠璃の富本豊前《とみもとぶぜん》、戯作の式亭三馬《しきていさんば》といった、名だたる有名人を弟子に抱えていた。

棟梁は弟子どもを集めて、二月《ふたつき》に一度は両国の料亭を借り切って軽口剽軽のお披露目の場である〈噺《はなし》の会〉を催している。

「こ、こうしちゃいられねえ」

又五郎は、目の色を変えた。

実は又五郎、地元のお笑い講で認められ、もう三度も〈噺の会〉の高座にあがっている。下谷あたりの櫛職人の若造でイキのいいのがいるぜって、旦那衆の間でも話題になっていたのだ。お笑いについちゃあ多少言いたいこともあるってモンである。

「あんたみたいな若造が騒いでどうなるのさ」

於奈津が言った。

「なに言ってやがんでえ。ここで動かにゃ男がすたる」

又五郎はすっかり興奮している。

こちとら江戸っ子、短気は生まれつきだ。

「アニキ、どうする？　こうしているうちにも、棟梁ンチにみんなが集まっているぜ」

「出遅れるわけにゃァ、いかねえな」

「仕事はどうする？」

「抜け出すさ」

「まッ」

於奈津が口を押さえた。

「お父ちゃんが許すわけないだろ」

「こいつはお江戸の一大事。仕事なんざやってられるか！」

「この、道楽者！」

「うるせえ」

又五郎はふたりにめくばせして、さりげなく工台の前に戻り、焜炉《こんろ》で砥草をゆでながら、緊張気味に奥の親方のほうを見る。

相変わらず、親方は、櫛の根擦りに夢中になっていた。

ごくり、とつばを呑んで、

「親方――櫛板がだいぶ減ってきました。日本橋の薩摩屋へ行って、いつ舟が着くか、聞いてこようとおもうンですが」

と聞く。

親方は慎重に根を擦りつつ、

「バカ野郎！　声をかけるンじゃねえ！」

と叱っておきながら、

「さっさと問屋に行って注文してこい！」

と又五郎を睨《にら》んで、すぐに目を手元の工台に戻した。

「へい！」

うまくいったと又五郎、内心ほくそえみながら手元の工具をがたがたと箱にもどして布巾をかけて、襷《たすき》をはずす。

すると、隣で於奈津が嬉しそうに草履《ぞうり》を取り出した。

「な、なにやってンだ」

又五郎は慌てた声を出す。

「うるさいね。こんな面白そうな話、黙って見逃してなるモンかい」

「女は邪魔だ」

「江戸の娘をナメんじゃないよ。チャキチャキさ」

ふたりが小声で言い争いをしていると、

「うるせえ！」

と親方が叫んだ。

「細けえ仕事をしてるンだ。静かにしろ！　行くならさっさと行きやがれ」

ふたりは追い出されるように工房を出た。

棟梁の家は、本所である。

大川を渡らねばならない。

両国橋の橋板をガタガタ鳴らして急ぐ又五郎と小鉄を追いかけながら、於奈津が悲鳴をあげた。

「ちょっと待ってよ、おいていかないでよ」

午過ぎの両国橋は、行きかう人で混みあっている。

「うるせえ、女だてらについてきやがって。てめえが急げ」

「なにさ、乱暴だね。一文にもならない道楽なんざに目の色変えやがって。この浮かれ者」

その通りだった。

寛政十年の今、この江戸にお笑いでカネを取るようなハナシカは、ただの一人もいない。

理由は簡単で、幕府がそれを禁じていたからだ。

江戸の府中で、軽口剽軽やお笑いの興行は禁止——百年も前からの定法だ。

だから棟梁の〈嘶の会〉も、料亭を借りて酒を出し、会費を取って同好の寄り合いの形をとる。興行ではない。趣味のものなのだ。

於奈津はずけずけと言った。

「そもそも道楽ってえのは、てめえが一丁前になってから、余った時間でやるモンだろ。まだ仕事も半人前なのに、お笑い道楽たァ百年早いよ。このろくでなし」

この言い方はどうかと思う。が、痛いところを突きやがる——と、又五郎は舌打ちをした。その通りなのだ。

江戸のお笑いは、道楽であり旦那芸。

〈噺の会〉の同人はそれぞれの仕事で名を成した名士たちだった。

又五郎ごとき若造が出入りするのは僭越《せんえつ》なのだ。

道楽は、せめて親方になってからやるべきであった。

(だが、お笑いを知ってからこっち、櫛の修業に身が入らないのも本当だ――)

又五郎は思った。

これじゃいけねえって、そんなこたァ、自分が一番わかっている。

今の自分は櫛の修業に身を入れて、親方をしのぐ名人と言われるようにならにゃァならねえ。

しかし、お笑い道楽のことになると、どうにも胸が騒いじまって、夢中になっちまう。

(わかってる。わかってるさ)

だが、てめえの軽口で、仲間たちが爆笑するのを経験してから、どうしようもなく面白くなった。日々の暮らしのお笑い以外のところが、色あせて見えてどうしようもない。親方の顔色をうかがいながら、肺を病みそうな窯の煙を吸っているのが、すっかり嫌になったのだ。

この世には、あんなに面白い世界があるっていうのに。

その魅力は、魔性のものであった。

道を誤る連中は、こんな気持ちなのかな――ときどき不安になったりもする。

大事な若えときに、オンナや博奕《ばくち》といった道楽にいれあげて道を誤り、一生を棒に振った職人の話は、耳にタコができるほど聞いている。

そうなるのは怖かった。

それを振り払うように、又五郎は言った。

「お笑いは、道楽なんかじゃねえ」

「なによ、それ」

「お笑いは、粋だ。江戸っ子の粋だい」

「バッカじゃないの？」

　於奈津は頬を膨《ふく》らました。


　そうこうするうちに三人は、本所相生町の竪川《たてかわ》沿い、名高い伊豆《いず》屋《や》長《ちょう》兵衛《べえ》の並びにある、公儀小普請方中村英祝の屋敷に着いた。

　広い堀川のわきに船着き場を設えた立派な造作で、紀州渡りの材木が、盛大に積み上げてある。杉材の香りが、華やかに、あたりに漂っていた。

「おや、また来たよ。千客万来だねえ」

　駆け付けてきた三人を見て、おかみさんがあきれたように言った。

「みんな二階だよ」

「かっちけねえ！」

　又五郎、草履を脱いであがりこむ。

　小鉄、於奈津も続いた。

　狭くて急な階段を駆け上った二階の広間に、江戸じゅうのお笑い愛好家たちが、ひしめくように集まっている。

「焉馬《えんば》の、どうしたもんかな」

「大坂モンに好き勝手やられちまうぜ！」

奥に座った棟梁を囲んで、旦那衆が大声で語り合っていた。

焉馬、というのは中村英祝の〈噺の会〉での名乗りである。

立川《たてかわ》（烏亭《うてい》）焉馬――立川は屋敷が本所の竪川沿いにあったことから。焉馬は字が似ていることから間違いやすいことの例え。ふざけてはいるが、粋で洒落た名前である。自らのハナシを、立川流、と呼んでいた。

又五郎が末席に立って様子を眺めていると、

「おう、花楽《からく》、来たか」

前に座っていた年かさの好事家《こうずか》が声をかけた。

豊かな白髪に、笑い皺。粋な島田を着こなした洒落た壮年の男。山手馬鹿人《やまのてのばかひと》、と名乗る〈噺の会〉の重鎮で、世に知られた名を大田南畝《おおたなんぽ》という。

二十年前、安永天明の頃に粋筋を率いて世間をあっと言わせた狂歌師で、毒のある風刺で名を売ったが、世が寛政の不景気に入ると、シレっと役人の登用試験を受け、今は幕府の支配勘定役に出世している。

人を食ったようなつかみどころのないジジイだったが、棟梁の主催する〈噺の会〉では古手の顔役でもあった。

花楽、というのは〈噺の会〉で許された又五郎の名乗り。山生亭《さんしょうてい》花楽――サンショは小粒でもぴりりと辛い、という洒落をひねってつけたのである。

「花楽、こいつを見ろ」

南畝は、又五郎にチラシを渡した。

又五郎は奪うようにして、それを見る。

「む、むうっ」

粗末な茶色の紙に刷られたそのチラシは、木版の墨摺りだった。

紙の真ん中に、戯《ざ》れ絵が描かれている。

おちゃらけた顔つきの男が、小机らしいものの前に座り、扇のようなものをふりあげていた。

右に、

頓作軽口　大坂より　岡本万作

左に、

神田豊島町　わら屋にて　勧進《かんじん》仕候

と書かれている。

「と、頓作軽口」

目を丸くしている又五郎に、他の男が声をかける。

「落とし噺、とも言うらしい。上方じゃァ、評判だとよう」

「『寄席《よせ》』とかいう席を作って客を入れ、木戸銭をとるっていうぜ」

「き、木戸銭？」

「そうさ。ハナシを聞かせる前に、カネを取るってンだから、信じられねえ」

「野暮の極みだ」

又五郎は改めて驚いた。

軽口なんてもんに、カネを出す奴がいる？

「バカにしてらあ。江戸には江戸の流儀があるぜ。そうじゃァねえか？」

南畝と一緒にいた、若い天狗連《てんぐれん》（素人《しろうと》衆）の伊助《いすけ》が叫ぶように言った。

他の男も同調する。

「他所《よそ》モンが、デケエ顔しやがってよォ」

「なんでも、神田の久兵衛《きゅうべえ》親分が、上方に遊山《ゆさん》に出かけたおりに見ッけて、引っ張ってきたらしい。興行にゃァ、蠟問屋の駿河屋《するがや》も噛んでいるっていうぜ」

「ひでえ為し様だ。畜生メ！」

みんな興奮しきっている。

又五郎、正直頭ン中がこんがらがっているが、大変なことが起きたのだということだけはわかった。よそ者に勝手をやられるってえのは、確かに我慢できない。

「大坂くんだりから出て来たってえ得体の知れねえ頓作軽口とやらが、天下のお膝元の真ン中で、土地の流儀を弁《わきま》えねえ不埒《ふらち》なふるまい。こンなことを許したンじゃあ、江戸っ子の名折れだぜ」

「そうだ、そうだ！」

「火消しでもけしかけて、殴り込みましょうぜ！」

うわああ、と若い衆が歓声をあげる。

「喧嘩だ、喧嘩だ！」

すると、焉馬は顔をあげ、悠然と巨眼をこちらに向けてみせた。

「さて——どうしたもんかな」

低い、ドスの利いた声である。

その貫禄に、みんな思わず押し黙った。

さすがは江戸を束ねる大工の棟梁にして、お笑いの頭目である。

「悠長なことを言ってる場合じゃァありませんぜ！」

「そうだ、そうだ。瀬をはやみ、宇治の流れも待てまいにと来たもんだ！」

「なんだそりゃ」

小突き合う若い連中を睨みながら、焉馬は、ゆったりとした態度で煙管《キセル》の雁首をカツンと叩いて灰を落とす。

「若えの、気持ちはわかるぜ。おいらも江戸っ子。気は短くできている。だが、この興行は神田の田中屋久兵衛の野郎が仕切っているそうじゃァねえか。おいらとはシマが違うぜ。久兵衛と言やあ、奉行所の旦那方も一目置く大親分。おいらが殴りこんだんじゃあ、うまかねえ」

ぎろりと、大きな目玉で若い衆を睨む。

「それに、おらァ、先だって、北町奉行の小田切《おだぎり》土佐守《とさのかみ》様のお叱りを受けたばかりだ。てめえら、それを知らねえたァ、言わせねえぜ」

その言いぶりに圧倒されて、又五郎も、天狗連の伊助も、言葉をつまらせた。

「む。むゥ……」

そのとおりであった。

時は寛政、幕府はのちに『寛政の改革』と呼ばれる緊縮政策を推し進めている。

改革を主導した白河公（松平《まつだいら》定信《さだのぶ》）はすでに老中を退いていたが、公儀幕閣はその基本政策を維持。江戸の町民どもへの風紀取り締まり、公序良俗を乱す「みだりがましい」集会興行を禁ずる高札を依然掲げていた。

昨年末、その統制の網はついに、町衆の同好会にすぎぬ〈噺の会〉にも及ぶことになった。

江戸の町の行政を担う北町奉行小田切土佐守が、自ら同心を率いて〈噺の会〉の手入れを行い、主宰者である立川焉馬に対し、口頭による叱責《しっせき》を行ったのだ。

焉馬棟梁がお縄にかけられることはなかったが、この事件は、江戸じゅうのお笑い愛好家にとって衝撃的なできごととなった。

次は本当にお縄になるかもしれない。

こうなっては棟梁も、軽々しくは動けない。

「ううう、畜生」

天狗連の伊助が唸るように言った。

小鉄たちも、奥歯を噛みしめるようにして言う。

「棟梁が動けないことを見越してきやがったな、コン畜生」

「神田の久兵衛親分もひでえぜ。よりによって大坂モンを使うなんざ」

「どうするよ。このままじゃあ、やられ放題だ」

年かさの旦那衆も言う。

「久兵衛のことだ。奉行所にもずいぶん、バラまいてやがるんだろう」

「武左衛門《ぶざえもん》以来、江戸者が守ってきた軽口剽軽はどうなっちまうんだ？」

「大坂野郎の芸なんざ、味の濃い田舎《いなか》芸に違いねえ。そっちが先に町に広がったら、俺たち江戸前の話芸は、二番煎じにされちまうぞ」

小鉄は、悔しくて仕方がないというふうに体をゆすって、

「アニキ、なんとかしてくれよゥ！」

などと言う。

又五郎はコブシを固めて、口を一文字にして話を聞いていたが、

「ふざけんな！」

と声をあげた。

今や、毎日の味気ない暮らしの中の、大切な光である『お笑い』。

その大事な江戸のお笑いが、見ず知らずの大坂モンにバカにされ、もしかしたら踏みつぶされてしまうかもしれない？

そんなことは、許されるわけがない。

「畏《おそ》れながら焉馬棟梁の元に集《つど》いし我ら町衆は、江戸っ子の粋と意気地の本流でござんす。その粋衆が、よそ者が先にお膝元で旗をあげようってこの時に及んで、指くわえて見てようってンですかい」

「あ」

「天下の江戸で、ハナシの旗をあげようってンなら、おいらたち江戸っ子がやらにゃァなンねえ」

又五郎の言葉に、一同、シンと言葉を呑んだ。

「し、しかし、どうするんでえ？」

「そうだ。棟梁は動けねえんだぜ！」

その通りだった。

立川焉馬はもとより、〈噺の会〉に集う、世に粋人と呼ばれる有名人たち——戯作の式亭三馬、歌舞伎の市川團十郎、浄瑠璃の富本豊前——彼らの名前に傷を負わせるわけにはいかない。

大きな商家の旦那衆も同じだった。

彼らは背負うものがあって、公儀とコトをかまえるわけにはいかないのだ。

「わかってる！　おいらたちで、やるんだ」

又五郎は言った。

「おいらたち？」

「若い衆でやってやるンだよ！」

「なんと」

「江戸で初めての笑いの興行は、意地でも、江戸っ子がやる。旦那衆が動けないってンなら、おいらたち、身分の低い若手がやるンだ！」

「ちょ、ちょっと待ってよ！　何言ってンのよ！」

あわてて於奈津が止めにかかる。

ざわ、ざわと。

広間につめかけた江戸じゅうの好事家が、不安そうに額を寄せ合う。

そんなことが、できるのだろうか？

みんなの不安を代弁するかのように、於奈津は言った。

「又五郎さん、あんた、わかってンの？　櫛の仕事はどうなるの？　お父ちゃんが許してくれるわけがないじゃない」

「於奈津、これは男の意気地の問題だ。女がとやかく言うことじゃァないぜ」

「バッカじゃないの？　まだ一人前でもないくせに！」

「確かに年季も明けてねえ半竹モノさ。だが、ここで引いたら男がすたる。他所モンに好き勝手やられようてえときに黙って座ったままの男なんぞ男じゃねえぜ。棟梁は動けねえ。おいらたち若いモンが動くしかねえ！」

「アニキ――男前だぜ！」

小鉄が、思わず声をあげた。

「それでこそ、ガキのころからおいらが追いかけて来たアニキだ！」

燃えるような瞳で又五郎の横顔を見上げている。

「で、どうやるんでぃ？」

「それは、知らん！」

みんな、ずっこける。

「知らんって、アニキ――」

すると、大田南畝が立ち上がり、飄々《ひょうひょう》と言った。

「ふうむ、花楽。よく言ったぜ」

この男も今は、公儀の勘定方役で、立派な役人のはずだ。

しかし、そんなこと、気にする様子はありゃしない。

洒落と冗談しか考えないで生きてきた男の、いたずらっぽい笑顔。

この男がこういう顔をするときは、ろくなことにならないのだが、場は流れに支配される。

「おいらたち年寄りぁ、腰が重くていけねえや。理屈をつけて楽なほうに物事を持ち込もうとしやがる。もう、おまえら若え連中の時代かもしれねえな」

「旦那――」

「なんだ、花楽」

「大坂の連中は、寄席とやらを作って、客からカネを取るという。そんなこと、本当にできるンですかね？」

「上方じゃァ、ふつうのこった」

「上方には、ハナシで喰ってる連中がいるってェんですかい？」

「ああ。江戸は、国中から武家があつまって周旋政事を行う町だ。飛言流言をおそれた御公儀が、江戸府中でのハナシの興行を禁じて百年――。その間に、江戸のハナシは、師匠に月謝を払って習う道楽になった。しかし、その間も大坂じゃァ、芸人どもが脈々とハナシの興行を続けてきたのさ。やつらは洒落噺で客からカネを取ってメシを喰っていやがる」

「洒落噺だけで、メシを？」

又五郎は心の中に、しびれるような衝撃を受けた。

――ハナシだけでメシを喰う？

そんな世界が、存在したとは！

その顔を見て、南畝は続ける。

「おいらは思うぜ。そろそろ江戸にも旦那芸じゃァねえ玄人《くろうと》のお笑いが生まれてもいい頃だ。正真正銘、笑いだけでメシを喰うハナシカがな」

「そ、その通り！」

思わず、又五郎は叫んだ。

腹の底に、沸き立つものがある。

そうだ、そうなればどんなに素晴らしいか！

南畝は目じりに皺を寄せて、いたずらっぽく笑う。

「どっちにしろ、江戸に初めて寄席の旗が立つって言うンなら、そいつは江戸っ子がやらにゃァな。花楽、さっきのてめえの言葉、もっともだ。よおし、てめえの勧進、おいらがひと肌脱ごうじゃアねえか――この山手馬鹿人、何か考えてやるぜ」


数日後、又五郎はいつものように、七軒町の京屋の工房で、窯から取り出した櫛板を、箍から外して干し換えていた。

作務衣も指先も煤《すす》で真っ黒。

鼻の頭も汚れて野良犬のようになっている。

するとそこへ、大田南畝がふらりとやってきた。

「花楽ゥ！　いるかい？」

軒先で、軽い声をあげる。

後ろに、ふたりの若い男。

ひとりは、小鉄。

ねじり鉢巻きに尻をからげ、藍の半纏という威勢のよさ。大きな扇子を帯にはさんで、助六のできそこないのような格好である。

「――アニキ、おいらは、やるぜ！」

目が血走っている。

もうひとりは、背の高い目つきの鋭い見知らぬ男。

頬はこけ、鍛え上げられた肩の筋肉ばかりがこんもりと円《まる》く盛り上がった男で、これはどうやらサムライのようだ。

殺気を感じるような剣呑な表情だが、その格好がひどかった。

まず、顔の右半分を真っ白に塗ってある。

そして、残りの半分は髭剃《ひげそ》り跡を真っ青に塗ってある。

鬘《かつら》をかぶっているのだが、その鬘も、右半分は娘。左半分は若い武家のような丁髷《ちょんまげ》。

つまり、右から見れば娘、左から見れば武士になる。

頭がどうかしているとしか思えない。

「信州浪人、〈襖の左団次《さだんじ》〉と申しまする——」

「ふ、フスマ？」

又五郎は、目を白黒させた。

なんだなんだ、これは。

「おう、花楽。芸人そろえて罷《まか》り越したぜ、この野郎」

にこにこと笑いながら、南畝は言った。

「それに、お前のヤサが下谷と聞いて、稲荷ンところに、筵《むしろ》張《ば》りの小屋を建ててやった。どんなもんだい」

「なんと」

啞然とする又五郎の後ろから、源兵衛親方が血相変えて飛び出てきた。

「なんだこの野郎。又五郎、てめえの客か」

すると南畝は年の功か落ち着いて、

「これは親方、お初にお目にかかりまする。手前、公儀勘定方、大田南畝と申します。お騒がせいたしまする」

などと言った。

頬にほほえみを浮かべ、

「此度は公儀小普請方立川焉馬が主宰いたしまする〈噺の会〉の勧進に、こちらの山生亭花楽がご尽力を賜りまして、誠にありがとう存じ上げます」

つるつると口上を述べる。

「山生亭花楽だあ？」

「おや、ご存知ない？　ええ、サンショは小粒でも、ぴりりと辛いなどと申しまして、こりゃア、どうにも粋な名前でござんすナ」

「ちょ、ちょっと、旦那」

又五郎はあわてて言った。

「困るよ、奉公先に来ちゃったら」

「何を言ってンだ。思い立ったが吉日よ。さっさと動かにゃあ番茶も腐って日も暮れらあ。芸人ざっと集めて来たぜ。ってえ言っても、いざとなりゃア、誰も名乗り出やしねえ。旦那衆は幕府が怖いし、若い衆は仕事を抜け出せねえ。せいぜいふたりが精一杯よ」

「小鉄はわかる」

「当たり前だよ！　アニキが江戸に旗を立てるってえ一世一代の晴れ舞台。ガキのころからいつでも一緒、子分のおいらが出なけりゃ、誰が出る」

「だが、あんたは誰だ？」

「は――お初にお目にかかる」

男は、刺客のような殺気走った瞳を光らせて、改めて名乗った。

「拙者、姓は佐々木《ささき》、名は左団次。人呼んで〈襖の左団次〉と申す――以後、お見知りおきを」

低くドスの利いた声でそう言った男は、右半分が娘で、左半分が武士。

「てめえ、どういうつもりだ」

京屋の源兵衛親方は、脂に汚れた手拭いを首からさげ、ぎろりと睨んだ。

「あー、その」

又五郎は頭を掻いて、困り切った。

いったい、どう説明すればいいというのだ？

小あがりで呆れたような顔つきで見ていた於奈津が、横から言った。

「お父ちゃん。このひとたちは〈噺の会〉のお笑いさんだよ」

「お笑いだあ？　芸人かあ？」

江戸において、路上などでご禁制の大道芸などを行うものは、河原者と呼ばれ、身分が士農工商の下に置かれている。

又五郎は慌てて言った。

「あ、親方。芸人と言っても、立川棟梁ンところの〈噺の会〉の裏書をもらっている連中だから、怪しいモンじゃあ、ございません」

「怪しいモンじゃねえだとウ？」

太鼓持ちみたいなお調子者の旦那。

相撲の呼び出し風に、尻をからげた小鉄。

半分町娘で、半分武家の、サムライらしき男……。

「てめえ、どう見ても怪しいじゃねえか！」

「これには事情がありまして」

又五郎は大汗をかいて言う。

「江戸っ子の一大事でございまして」

すると大田南畝はずずっと進み出て、

「親方。ご懸念はごもっともでございます。しかし花楽が言う通り、江戸の町方の一大事でございます。わたし、こう見えましても公儀勘定方を承っております。寺社奉行植村《うえむら》駿河守様からも、この件を沙汰をするよう御用を承っているものでございます」

「御用だとぅ？」

親方は目を剝く。

又五郎は、さすがにあきれた。

大田南畝は昔から人を喰った男で、前述の山手馬鹿人以外にも、四方赤良《よものあから》やら寝惚夜更《ねぼけよふけ》など、ふざけた別名を山ほど持っている。口から出る言葉の八割は嘘か冗談と言われ、天明の時代には、吉原の妓楼でフザケすぎて奉行所につかまったことがあるという評判の男だった。

寺社奉行植村駿河守から承った？

本当であるわけがない。

「へえ。勧進事は昔から寺社の沙汰にございます。そこに大坂から不埒な芸人どもが流れ込み、町中での勧進を打ち暴利をむさぼらんとの企て。これは町中での勧進につき、畏れ多くも町奉行にカネがながれておるのであろうと。これは寺社奉行様も黙っておれないと、こういうわけで」

よくもまあ、このような出まかせが言えるものである。

よく考えてしまうとボロが出るから、その隙も与えない態度と口調。

この男はこうやって、舌先ひとつで世間を渡ってきたのであろう。

「こたびは、噺の会は若手の筆頭、山生亭花楽の力を借りることになった次第」

「山生亭花楽だとう？」

「お、親方。おいらの、軽口剽軽のときの、名乗りで――」

「てめえ、いつの間にそんなフザけた名前になりやがった？」

「これは、事情が」

「いずれにせよ」

大田南畝は言った。

「町奉行が、大坂モンと組んで、江戸府中で不埒な振る舞いをしようとするならば、われら寺社奉行は、なンとしても大坂モンより先に、江戸に寄席の旗を立てにゃァなりません」

「なんだと？」

「江戸で初めての寄席は、江戸っ子がやるべきなのです」

親方は、怒気を浮かべたまま黙っている。

又五郎、そのやりとりを聞いていたが、胸の奥に、小さくとも何かがあった。

江戸で、初めての寄席――裏の稲荷に、筵張りの小屋を組んだ？

この前、勢いでぶちあげたことが、急に目の前に現実になってあらわれた。

人前で、ハナシができるってえ言うのか？

それで、カネを取る。

こんなことは、初めてだ。

その顔つきを見て、小鉄が言った。

「アニキ、やろうぜ！」

「いかにも。江戸の寄席の一番乗りを、大坂者に奪われて、よろしいのでござるか！」

と、左団次。

南畝が追いかぶせる。

「男に生まれたからにゃァ、意地があろう。花楽、お前がやらにゃァ、誰がやる」

それを聞いた又五郎は、思わず目をぎらつかせて叫ぶように言った。

「親方！　わがままを許してもらいてえ。下谷の勧進、江戸でお初の寄席興行、こんな機会は滅多にねえんだ。こいつァ千載《せんざい》一遇《いちぐう》、名をあげる好機——おいら、この寄席興行に出てえ」

「なんだとう？」

「親方から見たら、たかが道楽かもしれねえが、おいらにゃ男の意地なンでさあ」

「貴様、窯の火入れはどうする！」

むっとした顔で親方は又五郎を睨みつける。

すると南畝がこともなげに言う。

「なあんだ、そんな話か。勧進の期間は、半月だ。準備も入れればせいぜい一月。その間は、この連中がかわるがわるにやりますよ」

小鉄と左団次は、思わず顔を見合わせた。

「心配するな。おいらの屋敷からも、奉公人を回してやらあ」

七軒町から北へすぐ、六、七町も行くと、下谷の鎮守『下谷稲荷』の社がある。

このあたりは昔ッから、お山の上を「上野」、お山の下を「下谷」と呼ぶ。

お稲荷様は、神君家康公が入府した頃には上野にあったのだが、家光将軍の頃に、寛永寺様が出来るって言うンでお山を追い出され、下谷に遷座された。

上野が将軍家を祭る寛永寺様なら、下谷は庶民を祭る稲荷様である。

又五郎が南畝に連れられ、於奈津、小鉄、左団次と境内《けいだい》に入ると、鳥居のわきに、筵張りの小屋が組まれていた。

「お、おおおお！」

又五郎は思わず、声をあげる。

粗末ではあるが、まるで芝居の小屋のようだ。

すげえことになりやがった。

「こ、ここで、おいらの芸でカネを取る」

頭がくらくらした。

「やったぜ、アニキ。おいらたち、これで江戸じゅうの人気者になれる！」

小鉄が叫ぶように言う。

「今は〈噺の会〉の末席で師匠の芸を小さくなって見ているだけだが、なァに、アニキのような色男が、こんな立派な高座に立って粋を見せつけりゃァ、すぐに江戸じゅうの評判になって團十郎なんざ追い抜くさ」

「だ、團十郎を？」

「町娘があつまって、きゃあきゃあ言いやがる。あー、モテてモテて困っちゃう。あーどうしよう。そうなったら、どうしよう」

「う、ううむ、きゃあきゃあか」

「そうさ、きゃあきゃあさ。そうなりゃ、もうかるぜ！　十文や二十文の儲けじゃねえ。大判小判が、ざっくざくだ」

「う、ううむ、ざっくざくか」

「ああ、ざっくざくさ」

又五郎は思わず涙目で、小鉄を見た。

「やったな、小鉄」

「うむ、やったよ、アニキ」

興奮して手を取り合う又五郎と小鉄を見て、於奈津があきれたように、

「――バッカみたい」

とため息をついた。

「煤まみれの櫛職人が團十郎と同じくらいの人気者に？　あるわけがないじゃない」

「う、うるさい。これは男子の本懐《ほんかい》――」

それを眺めていた大田南畝は聞いた。

「ところで、又五郎。てめえ、ハナシはどれぐらいできるんだっけ？」

すると、又五郎は、

「そうですねえ」

目をきらきらさせて、指を折って言った。

「まずは、お決まりの『武助馬《ぶすけうま》』」

「うむ。〈噺の会〉の若手は、必ずやるハナシだな」

「それに『しわい屋』でしょう」

「ふむふむ、それも〈噺の会〉で教えるな」

「あと『小粒』と『半分垢』――」

「おい、どれも百年前からある戯れ噺じゃァねえか。てえしたもんだ」

「でも、ひと前で演ったことがあるのは『しわい屋』だけですがね――」

「え」

「〈噺の会〉では、三回とも、同じ『しわい屋』をやりました」

「そうだっけ」

「ま、こちとら江戸っ子、度胸一発、なんとかなりますがね！」

又五郎は、明るく言った。

「う、ううむ」

大田南畝はめずらしく、ノリの悪い返事をする。

「そうかあ。あとは、小鉄と左団次――」

「小鉄は、昔から〈呼び出し芸〉だけですよ」

「呼び出し芸」

「はい。大相撲の呼び出しのマネです」

「左団次は――」

「南畝先生。ご存知の通り、拙者の芸は寸劇でござる」

「そうだったな」

「は。それを襖の両側から顔を半分出してやる」

「まだあれをやってンのか」

「あれしかできませぬ」

堂々と左団次は言った。

大田南畝は、腕を組んで唸る。

「なんか、心配になってきちゃったなあ」

「大丈夫。なにしろ、おいらたち、江戸っ子ですからね！」

「この際、江戸っ子かどうかってェのは、どうでもいいンだが――おまえらがそう明るいと、なんとかなりそうな気もしてきたなあ」

「そうでしょう。そうでしょう」

又五郎は大きく頷いて言った。

「男は度胸。江戸っ子は気風《きっぷ》。あとは野となれ山となれ」

「うむ、まァ、江戸っ子はそうじゃァなけりゃな」

と、大田南畝は気を取り直し、大きく息を吸いなおす。

「あと、三枚ってのは、枚数が足りねえなあ。しかたねえ。露払いはおいらがやるか」

「ありがてえ」

「野郎ども、家に帰ったら、てめえの芸をしっかりさらって稽古するンだぜ！」

「合点！」

「あたりきよ」

「承知でござる——腕が鳴り申す」

若い三人は、どこまでも明るい。

筵張りではあるが、立派な小屋を目の前にして、すっかり舞い上がっていた。


数日後、岡本万作の向こうを張って、南畝が手配したチラシもできた。

そこにはこんなふうに書かれている。

江戸前　花楽一座
　於下谷稲荷　機嫌伺申上候
　水無月朔日《ついたち》　七ツ半
　　出演　大江戸一番之美声　呼び出し小鉄
　　　　悲恋川越花魁《かわごえおいらん》縁起　襖の左団次
　　　　話芸　軽口剽軽　山生亭花楽

「ううむ、凄い」

「なんだか、格好いいぞ」

「いよいよでござるな！」

三人は興奮する。

南畝は、威勢よく、

「ええい、野郎ども。こいつを広小路にでも行って、派手に配ってこい！」

と言う。

「合点！」

「承知！」

「承って候！」

若者たちは大喜びで下谷稲荷を飛び出していく。

その様子を見ていた於奈津は、

（ありゃりゃ……）

と頭をかかえた。

「又五郎さん、舞い上がっているよ――自分たちが市川團十郎にでもなった心持ちでいやがる……。バッカじゃないの」

【二】 下谷稲荷の粗忽者

数日後の夕暮れどき、下谷稲荷の大鳥居のわきに組まれた筵張り。

大きな蠟燭が、あちらこちらに掲げられ、夕闇に浮かび上がった楼閣のように見える。

やがて町人どもが、二人三人と、浴衣《ゆかた》や着流しの姿で集まってきた。

チラシと口伝てで、付け刃の宣伝をしたっきりだったが、それでも町内じゃァ噂になっているらしい。

「山生亭花楽って、源兵衛親方ンところの、又五郎だろう？」

「なんでも、大坂モンの向こうを張って、江戸前の『寄席』とやらを勧進しようって算段らしい」

「やるじゃァねえか」

「まあ、どれほどのもんか、見てやろう」

江戸っ子はみな、新しいものが大好きだ。

ただ夜の興行となったせいか期待していた町娘の姿はない。客の多くは地元の町人どもで、男ばっかりだ。四、五十人はいる。

「男ばっかりか。なんでえ。まぁ仕方がねえや。せいぜい景気をつけろ」

そんな又五郎の一言で、入り口で酒を配る。

果たしてそれはよかったのか。

客席はほとんどほろ酔い気分の酔客になってしまった。

「うおーい、早く始めろーい」

「まだかあ」

大変な騒ぎになった。

とりあえず、木戸銭は三十文も取ってしまった。これは、岡本万作の木戸銭が三十文だと聞いたから。なんにしても大坂モンに後れを取るわけにゃァいかないのだ。

又五郎はそっと楽屋から顔を出して、ひとがみっしりと集まった客席を見る。

いけねえ、急にどきどきしてきやがった。

歌舞伎の小屋に倣《なら》って〈楽屋〉と名付けた小さな部屋の真ん中に立ち尽くして、盛んに水を呑む。

(な、なんでえ、急に——)

想像していたものと、まるで違う。

不思議に重い空気の塊が、その場に渦巻いているような感じがした。

小鉄や左団次も同じなのか、口数が減っている。

そこへ、大田南畝がやってきた。

「おう、花楽、いよいよだな」

「旦那——」

「ここまで来たら、ジタバタしても仕方がねぇや。思い切って、やるンだな」

「もとより、そのつもりですよ」

抑えるような口調で、又五郎が答える。

その横顔を見て南畝は驚いたような声をあげた。

「おい、花楽――おまえ、眉墨を塗ってンのかい？」

「あ、わかりましたか？」

又五郎は大真面目に言った。

「いい男がより映えるようにと思いまして――こたびはおいらが初舞台。てめえの行く末が変わろうかってえ潮目だ。團十郎の向こうを張らにゃァと思いまして」

「だ、團十郎か」

やりすぎだ――という言葉を南畝は飲み込むような表情をする。

なにしろ又五郎は真剣そのものなのだ。

よく見ると又五郎、眉が太いだけじゃない。

月代《さかやき》をさっぱり剃って、髯《ひげ》をあたり、薄化粧。高級な鬢《びん》付け油で髷を結い、きちっと鏝《こて》をあてた島田の着物を角帯でぴしりと揃えて、香まで焚きしめている。

「洒落てみましたが、いかがでございましょう？」

「あ、ああ。いい男だぜ」

南畝は戸惑い気味だ。

「ま、野暮より粋のが、よほどいいやな」

気を取り直すように言う。

「ともかく、高座じゃァ、胸を張れ。セリフに困れば声を出せ。度胸一発、気合で負けンじゃねえぞ」

「合点承知」

「まかせろってンだい」

小鉄も、全身からほむらをあげるが如き表情――気合が入りまくっている。

「よおし、まずは前振り、おいらの出番だナ」

南畝は言った。

時も良し。

ちょうど近所の広徳寺《こうとくじ》から、七つ半の鐘が、ごおんと聞こえる。

「時間だぜ――まぁ、任せておきな」

そう言うと、南畝は高座に出て行った。

舞台の上には明るい行灯《あんどん》が四つも並べてある。

わっ、と満員の酔客たちが沸いた。

みんな酔っぱらって、わいわいと騒いでいる。

南畝は慌てず手を叩き、

「お客様、お待たせいたしました。花のお江戸はお膝元、水薫る下谷の稲荷社の境内に、ご機嫌を伺いまするは正真正銘江戸っ子の勧進でございます。いやあ、見れば粋な兄さんばかりだ」

とよく通る声で言った。

軽薄だが、聞きやすい。

さすがは安永天明のころ粋人の間で、それと知られた大田南畝である。

「はてさて、今宵ご機嫌を伺いまするは、山生亭花楽を筆頭に若輩どもではありますが、立川焉馬率いる〈噺の会〉の期待の若手にございます。不肖この山手馬鹿人、見届け人として市谷七騎《しちき》町《ちょう》から出てまいりました。粋な下谷の皆さんにゃ、無粋かもしれませんが、どうぞ許しておくんなさい」

よくもまあ、つるつるとこういうコトバが出てくるものだ。

客たちは、気分良く話を聞いている。

「おや――」

南畝は、客席の中ほどにいた太った男を指さして、こう言った。

「そこにいらっしゃるのは、浅草仲町の、卯《う》ノ木屋《きや》の旦那じゃァありませんか。ようじがあるから、来られねえかと思った！」

どっと、客がウケる。

浅草仲町の卯ノ木屋忠兵衛《ちゅうべえ》といえば、総楊枝《ふさようじ》で有名であった。

卯ノ木屋忠兵衛は、鼻の横に大きなほくろがある太った男だった。

用事と、楊枝をかけたのだ。

恥ずかしそうに月代を掻いている。

「さて、まずお目にかかりまするは、大江戸一の声色、その名も〈呼び出し小鉄〉でございます」

南畝は、ほほえみを絶やさず、余裕しゃくしゃくで両手をひろげ、高座をはけた。

於奈津が又五郎に教えられたとおりにてんつくと小太鼓を叩く。

その音につられたように、小鉄が舞台に飛び出した。

小柄な体を、さっぱりとした紺の半纏に包み、胸を張る。

小鉄のひとつ芸、呼び出し、である。通り名の〈呼び出し小鉄〉は、どんな席でも酔うとこのひとつ芸を披露することからついたあだ名だった。

目をきらきらさせて、よく通る声で、まずのたまう。

「皆様、お初にお目にかかりまする。手前、天下一の声を持つ男、その名を〈呼び出し小鉄〉と申しまする――」

「なにをやるんだ」

酔客どもから声がかかる。

「へえ、大相撲の呼び出しをお目におかけいたしまする」

小鉄はにやりと笑うと、ぱらりと扇子を広げ、かみ手に掲げる。

「………」

しん、と客席が静まった。

小鉄は、大声で、朗々と謡《うた》うように叫ぶ。

「ひがあしいい――、小野川あああ。小野川ああああああ」

素晴らしい声である。

人々の目は、静まり返ったまま小鉄に集まっている。

小鉄は満足したように、うむ、と満面の笑みを浮かべると正面をむいて、ぺこりと頭をさげた。

客はみな、あっけにとられている。

小鉄は自信満々で、ふうむ、みンな、おいらの声に聞きほれていやがるナ、とばかりに頷くと、胸を張る。

「続けまして、上覧大相撲におけまする、千秋楽の結びの一番。吉田《よしだ》追風《おいかぜ》をご覧《ろう》じたてまつる」

吉田追風とは、上覧相撲を仕切った行司の名である。この会場につめかけた町人どもの、どれぐらいが吉田追風の名を知っているだろうか。

しかし小鉄はそんなことにはまったく斟酌する様子をみせずに、両足をひろげ、扇子を前に軍配のように構え、中腰になった。

そして、おもむろに――。

「はーきよい！　残った、残った、残ったあああ。は――――きよいッ、残った残った残った残った」

と叫びながら、舞台を右から左へとカニ歩きする。

表情は、真剣そのものである。

「はーっきよい！　はっきよいよい！　よおォーい」

バタバタと走り回った後、じっと固まるように動かなくなり……、うん、と頷いたうえ、おもむろに、しも手を向いて、

「谷風〜　谷風〜」

と朗々と通る声で言った。

観客席は、呆然と見ている。

なんだろう、この芸は、という表情だ。

いっぽう舞台の上の小鉄の瞳はきらきらと、満足げに輝いている。

やりきった、という満足の表情である。

ゆっくりと深呼吸をする。

「ありがとう、ございまするー」

頭を折り目正しく下げて、舞台を降りた。

「ん？」

「むう」

客席の町人たちは、お互いの顔を見あって、くびをひねっている。

何が起きたのか、わからない。

これが、寄席の芸というものなのか？

面白いのか？　——いや、単なる大相撲の真似。しかも、別に人気力士の真似でもない。なぜ呼び出しなんだ？

いっぽう舞台袖の暗がりでは、小鉄が、感激の涙を流している。

「長年、宴会で芸を磨いてきたが、今日は本当にやりきった。花のお江戸の真ン中の立派な高座で、満員の客を目の前に芸を披露できた。これ以上の喜びはねえ」

それを見ながら、於奈津はあきれている。

「バカだねえ。客席はクスリとも笑ってないじゃないか。なんでそんなに感激できるのかね？」

「う、うるさい。おいらの芸は奥が深いんだ。女なんかにわかるもんかい」

それを横目に、大田南畝がゆったりと裾をゆらして高座に出る。

「はてさて、いかがでありましたでしょうか」

「いかがもくそもねえや。なんだありゃ？」

客席からヤジが飛ぶ。

「おや——お気に召しませぬか」

「あたりまえだ。わけがわからんぞ」

「では、お口直しに次の芸人を」

南畝はまったく動じない。

「〈襖の左団次〉——府下の千住で評判の、吉原悲恋の物語にございます」

舞台袖から、ふらりと、左団次があらわれた。

厳しい表情である。

左団次本人の話によれば、主家より暇をとって天下孤独の修業に出ること五年、千住浅草の水茶屋を中心に、苦心を重ねて修業を重ね、ついにある日、雷に打たれた如くの着想が天から降りてきて生み出したる、究極の一芸、それが襖芸にござるという口上であった。

天下にひとりの流れ者、この興行に命を賭けるつもりでござると、真剣そのもので又五郎に頭をさげたものだ。

例によって左団次、右半分の島田の鬘で白塗り。

左半分は、武家の鬘で髭剃り跡を青く描いてある。

自ら襖を持って舞台にあがって、襖を真ん中に据え付けた。

客席の江戸っ子たちは、ざわついた。

わけのわからない呼び出しのあとは、妙に厳しい顔つきをした修行僧のような男が、右半分白塗りの娘化粧、左半分武家姿で現れたのである。

「な、なんだ……」

「なにごとだ」

襖の左団次は、そんな客席に丁寧に頭を下げ、

「『恋女房川越之桜』――花魁川越と、武家杢兵衛《もくべえ》を演じまする」

と大声で言った。

先ほどまでの緊張はどこへやら。

高座に立って度胸が据わったのか、自信満々のゆったりとした所作である。

いったん襖の裏に隠れ、

「えいッ！」

と襖の左側から自らの顔の右側を出した、

白塗りの娘の顔である。

「あれぇ、恋しや杢兵衛殿――いつになれば来てくれるのやら」

頭のてっぺんから出ているような裏声。

ふむ、と客席が頷く。

どうやら娘のセリフらしい。

すると一息入れて顔を引っ込め、襖の反対側から、えい、と顔の左側を出す。

今度は、武家の顔である。

低いしゃがれ声で、

「愛しい川越よ。拙者に『惚れてありんす、首を長くして待っておりまする』などと可愛いことを言いおって。拙者もモテたもの。こいつァ、早く吉原に行かにゃァなるめえなァ」

と唸る。

客席は、ポカンとしていた。

なるほど、趣向はわかった。

これは寸劇で、男と女は語り合うのだな？

襖のこっちが男で、そっちが女――それはわかったが、どう見ても両方、貧乏が身に染みこんだような浪人である。それに、襖が小さすぎで、横から左団次の動きが丸見えだ。

どう反応すればいいのか。

左団次、戸惑い気味の客席の雰囲気を知ってか知らずか、全力で芸を続ける。

力演である。

左団次の目は鋭く光り、殺気さえたたえている。

しかし、客席にはまったく伝わっていない。

この芸の、受け取り方がわからない。

客席は、完全に戸惑っている。

舞台袖から見ていた於奈津が、あちゃー、と額に手をあてる。

（だあれも、笑ってないよ――）

不穏な迫力が場を支配していた。

「ええい！」

「おりゃあ！」

舞台の上では熱演が続く。

やがて、鬘と額の間から滝のような汗が出て、化粧が流れ出した。

右半分の白粉《おしろい》が、左半分の武家の顔のほうにもはみだして、わけがわからなくなってきた。於奈津は舞台袖ではらはらしている。

やがて席がざわつき始めた。

「おもしれえか？」

「いや、おいらはつまらねえがなァ」

「うーん、これが芸というものかね」

するとそのとき、於奈津の横でじっと高座を見ていた又五郎が、あっと小さく声をあげた。襖が、倒れそうだ。

熱演に揺れていた襖が、どおんと、客席側に倒れる。

白と青の塗り物で顔をべとべとにしたサムライの姿があらわになった。

「……え……」

「あ――」

全身汗まみれで着物の前をはだけたサムライが、舞台に立ち尽くしている。

客もまた、唖然としている。

「こ、これは？」

左団次はしばし舞台で仁王立ちしたが、動じる様子はない。

堂々と、

「――以上、『恋女房川越之桜』をご覧じいたし候」

などと大声でのたまい、悠々と舞台をおりた。

大田南畝は何事もなかったかのようにトボけた表情で、高座にあがる。

「はてさて――千住の宿で大評判〈襖の左団次〉が妙芸でございました。いやあ、切ない悲恋のものがたりでございましたなァ」

素知らぬ顔でそんなことを言う。

「不肖、この山手馬鹿人、あまりの悲しさに、涙があふれて止まりません」

と袖を目に当てて見せる。

うそつけ。

よくもまあ、臆面もなくそんなことを言うものである。

客席も、戸惑いが先に立っているようで、言葉を継げずに口をぱくぱくさせている。

そ、そう言われればそういうものか？

微妙な空気を感じたのか、大田南畝は続ける。

「はてさて、本席は、天下のお膝元において初のお目見え。皆様におかれましても、いかがでしょうか、ご機嫌はうるわしゅうございますでしょうか」

「うるわしゅうもクソも、わけわからねえよ」

「そうでございましょうか――お見受けするところ、みなさま江戸っ子、鯱《しゃちほこ》睨んで生まれ出で、乳母《おんば》日傘で ひととなり、墨水《ぼくすい》のシラウオ中落食わず、人の心の花にぞありける」

南畝は、つるつると軽口をつなげる。

「江戸の粋は、江戸の生まれにしかわからないものでございます。最後は、生まれは日本橋馬喰《ばくろ》町《ちょう》、育ちは下谷の七軒町。正真正銘の江戸の産、山生亭花楽にございます」

於奈津がてんつく太鼓をたたく。

又五郎は、必死で緊張を噛み殺し、気合一発、エイヤと高座に飛び出した。

「お待たせいたしました、山生亭花楽にございます」

「おう、又五郎。お前は笑わせてくれるンだろうなあ」

客席から声がとぶ。

「へえ。ご機嫌伺わせていただきます」

と、ぐっと胸を張り、客席を見回して、うっ、と思った。

なんだろう。

酔眼でこちらを見ている客の顔がすべて、どこか険しいような、剣突《けんつく》を食《く》わせた厳しい顔に見える。とたんに又五郎、心の奥底が動揺するのがわかった。

（ち、ちくしょうメ）

度胸が売りの又五郎。高座で動ずるタマじゃあねえと思っていたが、なんだろう、いざとなると様子が違う。

ともかく、何かを言わなければ。

「さて」

と必死に声を出し、さらに妙だと感じる。

舌がのどに張り付いたようになり、声が出ない。

（どうしたことだ）

又五郎は思った。

（アガってるのか？　おいらとしたことが？）

天下の江戸っ子、意地と度胸で世間を渡るはずのこの俺が、いざという今、アガっている。そのことにまず、呆然として腹が立った。

（この高座で、てめえの明日を変えて見せる。大坂モンはハナシでカネを取るという。おいらにできない道理はねえぜ）

そんな言葉が頭ン中を、ぐるぐる回る。

（いや、余計なことは考えるな。今はハナシに集中するンだ）

又五郎は必死となった。

頭がぼうっとして、機転がきかない。しっかり覚えているハナシを、ハナッから口に出していくしかない。

（ハナシは『しわい屋』――もう、三度も〈噺の会〉で演じたじゃねえか。慣れているはずなんだ。あせるな、又五郎）

しかし〈噺の会〉は料亭の座敷だ。

今は違う。

目の前にいるのは客だ。

カネを払ったんだから、しっかり楽しませてくれよな、と身構えている。

（しっかりしろ、ハナシを思い出せ）

『しわい屋』は、百年前からある有名なハナシ。

上方にも江戸にもあり、さまざまな型があるという。

こんなハナシだ。

あるところに、ケチな男がいた。

我こそは、天下で一番のケチなりと嘯《うそぶ》いていたが、ある日、ケチを教える『ケチの師匠』がいると聞く。

どんなケチを教えるのか、お手並み拝見といこうじゃねえか――と、男は師匠を訪ねることにした。

暑い日である。

汗だくで、客間に通される。

真っ白な髭を蓄えた老人が、重い服を着て飄然《ひょうぜん》とあらわれた。

「お師匠様。この暑い日、そのようなお召しもので、まったく汗もかいておらぬ。どのように涼をとっておられる」

男は聞いた。

「さては、氷水や氷菓子をお召し上がりか」

「たわけ。ケチの師匠たるわしが、そのようなことをするものかッ」

師匠は男に喝をくれ、

「これを見よ！」

と天を指さす。

ふと見ると、天井に、巨大な石が荒縄でくくりつけられている。

「こ、これは」

「いつ落ちてくるかとヒヤヒヤする。これで充分、涼を取れると言うもの」

師匠は言った。

「な、なんとッ」

男はその威厳に打たれ、弟子入りを決めた。

「師匠、あたしはケチでございます。我こそは天下一のケチなりと自信もありましたが、たった今、その考えを改めました。師匠におかれましては、なにとぞご指導賜りますよう」

「ふうむ。あいわかった」

師匠は立派な髭をしごきながら、満足げにうなずく。

まず、男に聞く。

「おぬし、三度の食事はどうしておる？」

「はい。オカズは無駄なので、飯に塩をかけておりました」

「なに、塩を」

ぎろりと睨まれて、男は言い訳するように言う。

「はい。——ですが、最近は塩も高いゆえやめました。今は、一粒の梅干しを、朝昼晩と三つにわけまして、朝は皮を、昼は身を、夜は種を割って中の天神を、オカズにすることにいたしております。師匠、いかがでございましょうか」

「たわけものッ！」

「なんと」

「塩や梅干しなどという贅沢をするとはなにごとかッ！　おぬし、ケチとは言いながら、まだまだじゃ！」

「はっ」

「わしほどになるとの、梅干しがあれば、それをじーっと眺めるのだ。眺めるうちに、口の中につばが湧いてくる。これでメシを食す。梅干しは無くならぬ。どうだ！」

「さ、さすがにございます」

「心して修行せよ、未熟者！」

この調子でさまざまなケチの方法を師匠は男に伝授する。

たとえば、扇子を長く保たせるにはどうすればいいのか。

男は言った。

「扇子を全部開いて使うと、すぐに傷んで壊れてしまいます。そこで半分開いて扇《あお》ぎ、その半分が壊れると、あとの半分を開いて扇ぐようにしております」

「たわけ」

「どういうことでしょうか」

「わしほどになると、扇子を動かさずに顔を動かす」

とまあ、こんなぐあいに夢中で教えてもらううちに、すっかり夜になってしまった。

帰ろうかと立ち上がった男に、師匠は棒を渡す。

「これは何でしょうか？」

「玄関は真っ暗で履物《はきもの》が見えぬであろう。我が家はかようなことには灯りを使わぬ。この棒で頭を叩くのじゃ。目から火花が飛び出して、その灯りで履物が見えるであろう」

「お師匠様、それには及びません」

「なんと」

「こんなこともあろうかと、最初から履物を履かずにまいりました」


——とまあ、こういったハナシだ。

又五郎は〈噺の会〉で習ったことを思い出しながら、できるだけ軽快に話を始める。

「えー世の中には、ケチな野郎がいるものでございます」

しかし話し始めて、すぐに思った。

（重い――）

それに、

（広い）

客の上に溜まっている空気がもりあがって、のしかかってくるかのように感じる。

一応耳は傾けてくれている。しかしそれだけだ。表情は変わらない。又五郎はあせった。顔をしかめたり、大声を出したり……、それでも思ったような反応は返ってこない。

酔客たちがだんだんと飽きてくるのがわかってきた。

ハナシの途中で、酒のお代わりを呼ぶ声がする。

（ち、畜生、ここは居酒屋じゃねえぞ。ハナシを聞け！）

いよいよ、サゲだ。

「――お師匠、そいつにゃァ、及びません。最初から履物はァ、履いてきてないンでございます」

そういって頭をさげたとき、気が遠くなるような気がした。

酔客だらけの客席からざわめきが聞こえる。

客の反応を、見たくない。

ほうほうの体で、高座を降りた。

入れ替わるように大田南畝が高座に飛び出る。

「はてさて、お疲れさまでした。本日はお運びいただきまして、誠にありがとうございまする」

明るく、言った。

「あれ。もう終わりかい？」

「もう酒は出ないのかい」

町人どもはすっかり酔っぱらい、それぞれに言う。

「花楽のハナシはいかがだったでございましょう」

「なんだっけ？」

みんな、帰りそうにない。

「ケチな野郎のはなしだったなあ、確か……」

そこで大田南畝、立ったまま大声で話し始めた。

「さようですな。ケチと言えば――大坂の町に、ケチな男がいましてな。この男、ケチのあまり、目ん玉がふたつあるのは無駄ではなかろうか、ひとつで充分だ、と思いましてございます」

「ふうむ、それで？」

とたんに客席が乗ってくる。

「医者に頼んで、左目を糸で縫ってもらいまして、右目だけで暮らしておりました」

客どもは酒を呑みながら、話半分に聴いている。

「十年後、病気になりまして、この右目が見えなくなってしまってございます。男は医者に行って、閉じていた左目を開けてもらったのでございますが、なにしろ左目で世の中を見るのは、十年ぶりにございます。女房も子供も友達も、十歳年をとっていて、知らないひとだらけになっていたという」

「あっはっはっは！」

「バカ言ってやがるぜ！」

客席は拍手喝采。

わはははと波のように盛り上がる。

「さて、おあとがよろしいようで、本日はこれでお開きでございます」

こうして、下谷稲荷の寄席の初日は幕を閉じることになった――。


客を見送った、楽屋。

又五郎を囲んで、小鉄、左団次、それに於奈津――すっかり疲れ果てて座り込んでいる。

「初日にしては、よくやったぜ」

年かさの大田南畝が、励ますように言った。

「なにしろ、てめえらのような若造が、曲がりなりにも江戸で初めての寄席を勧進したんだ。てえしたもんだぜ」

「いや――」

又五郎が言った。

「全然、ウケなかった」

寄席が始まる前の威勢はどこへやら。

薄暗闇の中に浮かんだ横顔に、落胆と焦りが浮かんでいる。

どうやら、料亭の席で、仲間内の旦那衆を前に話すのと、木戸銭をとった客たちの前でハナシをするのは全然違うことらしい。

「アニキ――」

小鉄が声をかける。

「大丈夫だよ。アニキはちゃんとハナシできていた」

「拙者もそう思う」

左団次も言う。

その様子を見て、南畝は言った。

「まァ、初日はこんなもんだ。少しずつ形を創っていくンだ」

「明日――」

又五郎は呟いた。

「明日もやるのか」

「そりゃァ、そうだ。チラシは配っちまったぜ」

小鉄が言った。

「勧進は半月、十五日間と決まっている」

それを聞いた又五郎は、心の底から思った。稽古する時間が欲しい、と。

よく考えりゃァ、勢いだけで舞い上がり、ここまで突っ走ってきてしまった。

(必死で演じたおいらのハナシよりも、南畝の旦那の立ち話のほうが、食いつきがよかったじゃねえか――なぜだ)

又五郎は熱い石を呑んだようにズンと腹の底が痛くなる感じがした。

自分の持ちネタを考えると、明日も同じネタで高座に出るしかない。他のネタはまだ十分に練れてない。ウケなかった今日のネタで、明日も同じように高座に出る？　なにを修正すればいいのか、まったくわからない。

急に額に滲んできた汗を、手で拭う。

その手が、黒い墨で汚れていた。眉墨だった——。はしゃいで、眉墨つけて、髷を揃えて化粧もしていたが、それどころではない。

ああ、その通り。

化粧の前に、やることがあったのだ。

【三】 呼ばれて飛び出た半竹モン

二日目、下谷稲荷の筵小屋――。

客は昨日と同様地元の連中ばかりだったが、それでも四十人は入った。

酒を目当てに来ているものも多いようだ。

小鉄も、左団次も、又五郎も、一日目と同じ演《だ》し物をかけた。

まったく、ウケなかった。

ハナシを始めると、客席が、引いていくのがわかる。

又五郎も、自分の顔がひきつっているのがわかった。

これではダメだと、三日目、一度も人前で演じたことのない『武助馬』をかけてみた。これは百年前の武左衛門が作ったとされている古典で、〈噺の会〉の若手はみな稽古する。

しかしこれも、うまく行かなかった。

ぶっつけ本番で、うまく行くわけがなかった。

イライラが募った又五郎は、夜もまともに眠れない。

四日目にはついに、客と乱闘騒ぎを起こしてしまった。

襖の左団次の『恋女房川越之桜』を、舞台袖で見ていた又五郎は、客席から、

「つまんねえぞ、ひっこめ、ひっこめ」

とヤジが飛んだのにブチ切れて、舞台に飛び出し、客に向かって叫んだ。

「うるせえぞ、てめえッ！　黙って見やがれ！」

客も江戸っ子、負けてはいない。

「誰だこの野郎！」

「山生亭花楽だ、バカ野郎」

「てめえが花楽か、江戸っ子の恥さらし！」

「なんだと！」

「下手な勧進を打ちやがって、面白くもなんともねえぞ！」

「うるせえ、江戸っ子なら、つまんなくても笑いやがれ」

「むちゃくちゃ言うな、この野郎！　汚ねえ花魁見せやがって！」

「好きで汚ねえわけじゃねえぞ」

「なんだと」

「こちとら、生まれたときから汚ねえんだよ！」

言われる左団次も立つ瀬がない。

「こっちはあるもん全部さらして生きるしかねえんだよ。汚かろうが下手だろうが、面白かろうがツマらなかろうが、これが左団次だ。その目ン玉ひん剝いて見やがれ」

又五郎はそのまま客席に飛び込み、客とぽかぽかと殴り合う。

ひどいもんである。

そして、五日目。

さすがに開演前、小鉄が言った。

「アニキ――どうしよう」

又五郎は楽屋に座って腕組みをし、身動きもしない。

顔じゅう喧嘩のあとでぼろぼろ。目の上に大きなたんこぶができて、鼻血のあとが残っている。

「む、むうう」

明らかに、ネタ切れだった。

いや、そもそも、高座に立つだけのネタなど、最初からなかったのだ。

「畜生！」

苦し気に又五郎がつぶやいたとき、寄せ場の外から於奈津の悲鳴が聞こえた。

「きゃあ！　なにさ、乱暴だね」

バタバタと音がして、男たちが乱暴に楽屋に飛び込んでくる。

いずれも恰幅の良い、身なりも立派な中年男。

〈噺の会〉の旦那衆だった。

「やめだ、やめだ」

旦那のひとりが叫んだ。

「花楽、てめえの寄席、とんでもねえ下手くそだって評判だぞ」

「焉馬の〈噺の会〉てェのはこんなモンかって、悪口を言われている」

「このままじゃァ、江戸のお笑いの名折れよ」

驚いた。旦那衆は、花楽の寄席勧進を止めようとやってきたのだ。

「毎日、同じハナシしかしねえって聞いたぞ」

「とんだ恥さらし——やっぱりお笑いは大坂モンだって言われているぜ」

突然のことで又五郎も言葉が出ずにいると、於奈津が顔を真っ赤にして進み出た。

「なんだい、なんだい。いきなり乱暴に入り込んできて、ずいぶん勝手を抜かすじゃァないか」

於奈津は、箒をわざと大きく持ち替えて啖呵《たんか》を切る。

「こちとら、下谷が御稲荷様の氏子衆が普請だよ。あんたら旦那がどれだけ偉いか知らねェが、とやかく言われる筋合いはないねェ！」

すると、楽屋の隅に黙って座っていた襖の左団次がふらりと立ち上がり、棒ッキレを持って進み出た。

「憚《はばか》りながら、於奈津殿のおっしゃる通りでござる。拙者、縁あって山生亭花楽が組下として勧進に参加したる義理により、座して見ているわけにはまいりませぬ。師匠を謗《そし》られるようであればご覚悟されよ」

と青眼に構える。

「お」

「な、なんだ」

旦那衆が慌てた。

するとそのとき、バタバタと楽屋口から、大田南畝が駆けつけてきた。

その姿を見て、旦那衆がほっとしたように叫んだ。

「お、大田の。お前さんがついていながら、なんだ！」

「そうだ。いい加減な勧進を許しやがって」

すると南畝は、いつもの飄々とした口調で、しかしきっぱりと言った。

「——旦那衆。黙っていただきますよ」

この男、どんな時も口もとに笑みを浮かべ、どこかフザけた風情がある。

「そもそもあんたらオヤジどもが、そンなことを言うのは筋違い——」

「なんだと！」

「大坂から頓作軽口の芸人がやってきて、お膝元で興行を張ろうという一大事に、あんたら旦那衆が、何かしましたか？　てめえの商売が大事のあまり、ダンマリを決め込んだじゃァありませんか。焉馬の野郎が動けないンなら、旦那衆が意気地を見せるべきだ。それなのに言い訳をして、誰ひとり立ち上がりませなんだ」

「なにを言う」

「いやなに、怒らないでいただく。なぜなら、手前もまた一緒ですからな。この山手馬鹿人、お上に立てついていた若い頃の意気地を忘れ、すっかり年を取った。支配勘定なんぞという結構なお役目の給金をいただいて、失うことの怖さに手足がすくんで、身動きできずに下を向いていた——しかし、この若造どもは」

　南畝は大きく息を吸う。

「向う見ずにも、立ち上がったのでございます。せめて助けるのが筋というものでございましょう」

「しかし、結局のところ、始末はうまかァねえじゃねえか」

「それは結果にございます」

南畝はしれっと言った。

「芸の勧進など、賭けの類でございます。何がウケるかわからない。勝ち負けは、神仏の知るところ。なにもしなかった野郎どもが、後から結果を知って石を投げるなぞ卑怯千万《ひきょうせんばん》。江戸っ子の風上にもおけませんな」

「なんだと！」

「大田の、てめえ、何を言いやがる」

殺気立つ旦那衆と南畝の間に、ずずいと左団次が入り込む。

「ご覚悟――」

旦那衆は青くなって後ろへさがった。

「ま、待て」

「物騒なものを振り回すな」

そのとき又五郎が、すっくと立ち上がり、大声で言った。

「よっくと、わかりましたッ！」

旦那衆と南畝の間に入る。

「すべては花楽の不徳の致すところにございます。てめえ若輩にございます。若さに甘え、半端な意気地を通し、まったくもって皆様にご迷惑をおかけいたしました。そのこと、よっくと、わかりましてございます」

そして頭をさげ、言った。

「この下谷稲荷の寄席勧進は、本日をもって手じまい致します」

「アニキ」

「師匠」

小鉄と左団次が同時に又五郎を見た。

旦那衆が、ほっとしたように顔を見合わせる。

又五郎はひとりひとりの顔を見て、頷いて見せる。

「てめえも江戸っ子。素直にてめえの負けを認めます。ご迷惑をおかけしました」

大田南畝はそんな又五郎をじっと見つめる。

そして、慰めるように、又五郎の肩を叩いた。


こうして寛政十年、下谷稲荷境内にて勧進された山生亭花楽による江戸で初めての寄席興行は、たった五日で手じまいとなった。

又五郎は、大田南畝と、手伝ってくれた町内の氏子衆に頭をさげてまわって、筵張りの小屋をバラしてもらった。

終わると七軒町に戻り、京屋の源兵衛親方に両手をついて詫びを入れる。

親方は額に青筋を浮かべ、じっと又五郎を睨みつけていたが、やがて低い声で、

「もう二度と、許さねえぞ」

と言って工房に入ることを許してくれた。

又五郎は、工房に戻ると、掃除から始めた。

鉋に鋸に歯引き、得物《えもの》のたぐいを丁寧に研《と》ぎ、工台の隅々まで磨きを入れる。

窯の扉を大きく開けて、中の棚をすべて外に出し、堀っぺりへ行って、みんな洗いなおす。

窯の中は、笹竿と三種類の箒を使って、煙突から天井から隅々まで、煤を叩いて落とした。それをちりとりで麻袋に入れて、ぎゅっと口を縛って捨てる。

肺を病みそうな灰の臭い。

気が付くと、頭のてっぺんからつま先まで、炭でまっくろだった。

（負けたのだな）

つくづく、そう思った。

この貧乏人の住む狭い下町の、小さな工房で、煤まみれになって——それが自分にお似合いなのだ。せめて櫛の腕が一流であれば救いもある。しかし自分は櫛の職人としても半人前だ。二十二歳にもなって親方の許しなしに、とかし櫛ひとつ納めることができない。

（くそう）

ただただ、情けなくて、悔しかった。

翌日、すっかり整った工房で又五郎はひとり、櫛づくりの稽古を再開した。

ぎぃい、ぎぃいいい、と音を立てて、粗く歯を引いた稽古櫛を、丁寧に根擦りしたあと、明かりに掲げて何度も形を確かめる。気になったところを、やすりや鋸で整え、砥草で擦り直したあと、工台に載せ、じっと見た。

（いいだろう。あとは、磨きだ）

又五郎は、大きく息を吸うと、稽古櫛を、椿油で丁寧に磨き始めた。やがて黄楊の木の色が、あめ色にかわり、鈍い光が加わっていく——。この仕上げの工程が、又五郎は好きだった。

親方は寄り合いに出かけていて留守である。ひとりきりで、ただ無心に櫛を磨いていると、なんとなく心が静まる。

（よし――うまく出来た。今日はもう一枚は作れそうだ）

又五郎は次の一枚にかかろうと、天井から下がっている大きな櫛板を手に取り、工台に据えた。

子供のころから、何度も繰り返してやってきた、仕込みの作業だ。

板をしっかりと工台の留め木において、使い込んだ鉋を取り出して、ががっ、ががっ、と削り始めた。

奥歯を食いしばって、ガツッと、鉋を引っ張った時。

ばっ――と、周囲に鮮血が飛び散った。

「あっ」

又五郎は力なく、つぶやいた。

なんということだろう。

掌《てのひら》の皮膚が、切れていた。

傷が小さい割に、血が出たのは、場所が悪かったのか。

それにしても九年も修業している又五郎にしては、考えられないしくじりだった。

「ああ」

粗相をした子供のような声を出して、又五郎は、自分の掌からあふれてくる赤い血を呆然と見ている。

ふと、工房を覗いた於奈津が、驚いたような声を出した。

「ちょ、ちょっと！」

がたがたと土間に下りて、水がめに手拭いを浸して駆け寄り、又五郎の手をぎゅっと押さえる。

「なにやってンのよ！」

「あ、ああ――」

又五郎は、なされるがままだ。

於奈津はぎゅっと傷口を押さえながら、精気のない又五郎の顔を見て、不審な表情をした。

「ちょっと、又五郎さん、しっかりしてよ！」

「ああ、すまん。しくじっちまった」

「こんな失敗をするような又五郎さんじゃァないでしょ？」

「だから、すまねえ」

於奈津は、それを見て、戸惑ったような表情を抑えるような仕草をした。

「情けないね――。ちょっとしくじったぐらいで」

「だから、すまねえ。気を付けるよ」

「傷の話じゃないよ」

「何の話だ？」

「寄席の話よ」

「寄席？」

「そうだよ――。寄席がダメだったのが、そんなに落ち込むこと？　だらしない。江戸の男が、一度や二度の失敗で」

「失敗だと？」

「そうだよ、失敗だよ」

いつもならここで言い返す、又五郎。

しかし今日の又五郎は言い返さない。

それがなおさら於奈津をイラつかせる。

「たかが道楽で、そんなに落ち込んじゃってさ」

「たかが道楽――確かにそうだな」

又五郎は自嘲気味に笑った。

その精気が抜けた顔を見た於奈津は、

「ン、もうーッ！」

といらついたような叫び声を出して、又五郎の手を乱暴に引っ張った。

「い、痛えよ！」

「うるさい。ついてこい」

「なんだよ」

「付き合ってよ」

「やだよ」

「いいから付き合えっての！」

於奈津が連れて行ったのは、神田豊島町の街角だった。

神田のなかでも弁慶橋の向こう側、川を渡った南側だ。

又五郎が生まれた馬喰町のすぐ近く、ごみごみした豊島町の街角に『わら屋』という大きな料亭がある。

古いが立派な建物だ。

そこに、歌舞伎小屋のような客寄せの幟《のぼり》を立て、やぐらを組んで陣太鼓が置いてある——両国橋へ抜けるひとびとが行き交う場所でもあり、たいへんな賑わいだった。

門前では、にこやかな小僧どもが、

「大坂わたりの『頓作軽口』にございます」

「どうぞお運びください、花のお江戸は初のお披露目にございます」

などと言いながら、善男善女にチラシを配っている。

「岡本万作——」

「そうだよ、又五郎さん。——あんた、ちゃんと見たの？」

「い、いや、まだだ」

「呆れた。見もせずに勝ったの負けたのと騒いでいたのね？」

於奈津は又五郎の手を引き、三十文の木戸銭を払って、寄席に入った。

寄席は二階だった。

広間に舞台をしつらえて屛風を置いて、客席は升席にざぶとん。

小僧が歩き回って茶を汲んでいる。

天窓は広く切られていて、場内は明るい。

さっぱりとして、居心地がいい。

万事埃っぽかった下谷稲荷の寄席とは大きな違いだ。

又五郎と於奈津は、後ろのほうの席に、隠れるように座った。

客は入っているが、満員というわけでもなく、少し余裕がある。ちょうどいい混み具合だ。みな、わいわいと笑顔で幸せそうである。

しばらくすると、明るい高座に、岡本万作があらわれた。

岡本は、福々しく太った、目が細くて愛想のいい男だった。

洒落た小紋の着物を着ている。

高座の真ん中に、書見をするときに使う台のようなものがあり、横に太鼓が置かれていた。

岡本は太陽のような笑顔を浮かべ、

「おお、今日も大勢お運びくだはって、おおきに、おおきに」

とよく通る声を出した。

この広い寄席の隅にまでキレイに届く、素晴らしい声だった。

それに、安心感のある鷹揚《おうよう》な態度。

この男は、どこか、一目で見る者をほっとさせる何かを持っていた。

岡本は、ゆっくりと笑顔を浮かべると、ゆったりと話し始めた。

「江戸に来させてもろて、まだ日は浅いのやけど、いやあ、江戸はええところでんなあ。なにより人の気風がええわ。こないな小さな寄席の切符を買ってくれるくらいさかいな――」

と、ここで間を置く。

たった一言で、この広間にいる客の心がひとつになるのがわかった。

客の中には酒を呑んでいるものもいるし、煙草を吸っているものもいる。

でも、みな、口元に優しい微笑みをうかべていた。

それを確かめるようにたっぷりと間をとって、にっこりと笑った。

「江戸っちゅうんは、東照大権現様がお造りになったそうでんな。ちなみに大坂の町は、太閤殿下がお造りになったモンですわ。不思議でんなあ。とうの昔にお亡くなりになったふたりだが、なぜかそれぞれの性格といいますか、好みが町の風物を創っているように思えます。江戸は権現様みたいに実直で質実剛健な町でんな。こういう町は男がええ。東男ちゅうぐらいで、男衆に勇気があって威勢がよくて気持ちがええわ。大坂は、あきまへん。女ばかりが元気な町で、男はみんな商人だから、ケチにできている」

客の多くは、大坂など行ったこともない。

上方に対するあこがれはあっても、まるで想像がつかない。

岡本万作の口から語られる大坂の風物に興味津々《しんしん》だ。

この日、岡本はいわゆる〈ハナシ〉をくり出す前に、たっぷりと半刻、世間話で笑いを取った。

大坂の町の話。

京都の町衆の悪口。

東海道の旅。

まるで世間話をするようにしゃべり続け、それでいて、客を楽しませる。

話芸の極みである。

そしてときどき、いたずらっぽく客を見回した。

その間が絶妙なのだ。

やがて、すべるように〈ハナシ〉に入る。

それは洒落噺というよりは、聞いたことのないような奇天烈《きてれつ》な法螺《ほら》噺だった。

こんなハナシだ。

人の体のなかに、虫がいる。

それは疝気《せんき》（下腹部の疼痛《とうつう》）を起こす虫——疝気の虫、である。

ふとしたことでその虫の存在を知った医者が、その虫と、やいのやいのとトボけたやりとりをしながら、ひと騒動、ふた騒動、起こしていく——。

（な、なンと）

又五郎は、まったく、たまげてしまった。

これが上方のハナシって奴なのか？

（す、凄い）

どうやったら、こんな到底ありえない話を、思いつくことができるのか。

その疝気の虫が、蕎麦が好きで、唐辛子が嫌い——というところまできて、又五郎は、体じゅうに鳥肌が立っていることに気が付いた。

（こんなハナシ）

創るほうも創るほうなら、語るほうも、語るほうである。

こんなハナシに、なぜか、自然に惹きこまれてしまう。

みな、夢中になって聞いている。

又五郎はふと、胸に手をあてる。気が付くと、心の奥底にあった、しこりのような、後悔のような、苦しみのような、重苦しいものがすべて消えていた——。

笑って、泣いて、驚いて。

夢中になって楽しんでいるうちに、不安や気持ちの落ち込みが消えていた。

（違う――どうしてこんなに違うンだろう）

愕然とした。

ここの域に達すれば、ハナシカは客からカネがとれるのだ。

そう思うと、どうしようもない気持ちになった。

それは笑いが教えてくれた特別な感情だった。

気が付くと又五郎は、両目にたっぷりと涙を浮かべていた。

高座の上では岡本万作が、おどけた仕草で、客をいじっている。

客席は大爆笑だ。

血の止まった掌の傷口をぼんやり見ながら、又五郎だけが、泣いている。


ハナシが終わった。

満足げな客たちが、笑顔を浮かべながらさわさわと下足場から出て行く。

又五郎と於奈津もまた、その人波にまぎれて、寄席を出た。

於奈津は又五郎の横顔をのぞくようにした。

又五郎は、茫然と、心ここにあらずの表情でいる。

於奈津は何かを話そうとしてやめた。

ふたりは、わずかな距離も歩く気になれず、そのまま筋違橋のたもとで川舟を拾い、ぐるっと蔵前から新堀川に入って、本願寺様のところで降りた。

新寺町通りを歩き、夕闇迫る下谷へ戻る――。

お稲荷様の鳥居が見えたとき、やっと、於奈津が言った。

「どうするつもり？」

「なにが」

「これから、だよ」

「これからか」

又五郎は大きく息を吸った。

鼻の奥に染みついた、窯の炭の臭い。

空を見ると、黄昏時《たそがれどき》の薄青い空を、上野の山の方向に烏が飛んでいく。

「まず、ちゃんと毎日の職人修業をやらにゃァなるめえなあ」

「お笑い講には行かないの？」

「もう、行けねえだろう。すっかり恥もかいた。周りに迷惑もかけた」

「ふうん」

於奈津は鼻を鳴らした。

「なんだか、つまらないね」

於奈津はいつも正直だ。

「どうしようもあるめえ」

「あんたさ――」

於奈津はじっと考えて、思い切ったように鼻をつん、とあげて又五郎の顔を睨み、言った。

「あたしのこと、どう思ってンの？」

「え？」

又五郎は、めんくらった。

突然於奈津がそんなことを言い出すとは思いもよらなかったのだ。

九年も顔を突き合せた幼馴染みで、ふたりになれば、喧嘩ばかり。親方の娘で、気も強く、色気もなにもありゃしない。

「どうって——？」

「お父ちゃんがいつも、あんたは京屋に婿に入って修業を続けろって言うじゃない。それ、どう思っているの？」

「ど、どうもこうもないぜ。師匠で親代わりの親方が言うなら、それに従うってえのが弟子ってもんだ」

「お父ちゃんが言うから、あたしの婿になるってわけ？」

於奈津は、頬を膨らました。

「気に入らないね」

「待てよ——」

「言っておくけどね、あたしは天下の於奈津様だよ。世間に知られた別嬪で、下谷小町の評判もあるぐらいなんだ。嫁にくれなんて話はいくらでもある。とんだお大尽から、凄いカネを積んで妾《めかけ》に来ないかって言われたこともあるンだぜ。そのあたしを捕まえて、お父ちゃんがそうしろって言ったから嫁にするって？　冗談じゃないよ。軽く見ないでほしいね」

「於奈津」

「あんた、安心してたんだろう？　お父ちゃんがあたしと夫婦になれって言うから、夫婦になるもんだって？　冗談じゃないよ。そんなふうに嫁になんざなりたかないよ。よく考えてよ。てめえの道楽で失敗して落ち込んで、岡本万作の舞台を見て、めそめそ泣いているような男と夫婦になりたいって思う？」

於奈津は言った。

うすぐらくなってきた下谷稲荷の常夜灯に、もう蠟燭が灯されていた。

ひどい言葉だった。

しかし、それは真実でもある。

又五郎は言葉を失ってその場に立ち尽くした。

すると、於奈津は言葉を続ける。

「お父ちゃんに、又五郎さんのお嫁さんになるからねって言ったのは、あたしだよ」

「えっ」

思わず顔を見ると、暗闇の中で、於奈津は大きな瞳を潤ませていた。

「九年前、ウチに来て、すぐに馬喰町のご両親を亡くして、部屋で泣いていたのを見たよ。それからあたし、ずっと又五郎さんを見ていた。又五郎さんには、ひとりで生きていこうって覚悟があった。だから、他の奉公人はすぐ辞めちゃうのに、あんたは辞めなかった。お父ちゃんの躾にも耐えた」

と大きく息を吸い。

「だから素敵だと思ったンじゃないか」

於奈津は言った。

「又五郎さんにはいつも、今に見ていろっていう意気地があった。負けてたまるかって思いがあった。櫛でも、お笑いみたいな道楽でも、道端の喧嘩でも。そういう男って、いいじゃァないか」

暗闇に、於奈津の瞳がキラキラと光っている。

「櫛の修業の腕がどうとか、お笑い講の男どもがどうだとか、オンナのあたしにとっちゃァ、どうでもいい。でもね、あんたが意気地なしだったたってェのは、大問題だ」

「於奈津——」

「なぜならあんたは、あたしの想い人なわけだから。ずっとそのつもりでいたんだから。あんたが意気地なしなら、あたしのこの九年はなんだったの？　冗談じゃないよ、しっかりしてよ。背筋を伸ばして、胸を張って、ちゃんとして」

「どういうふうに」

「それぐらい自分で考えてよ！　今、あんたはどうしたいのよ？　未練があるなら、逃げるンじゃないよ。やりたいことがあるなら、やりなさいよ」

又五郎は、目を白黒させた。

頭がよく回らない。

ただ、於奈津の頬は暗闇でもわかるほどに、桜色に染まっており、どこまでも美しかった。

「どうだ。あたしを嫁にしたいだろう？」

「う、ああ」

仁王立ちする於奈津に、又五郎は言った。

ああ、そのとおりだ。

自分はこの女を嫁にしたい、そう思った。

親方のお達しは、関係ない。

こいつは自分を知っている。

ずっとそばにいて、安心していた。

失うのは困る。

自分は、この気性が、この顔が、好きなのだ。

「よし。じゃあ、よく考えてよ。あたしがてめえの心にウソをついて、小さくまとまって下を向いてる男の嫁になりたいか。それとも、自分のやってることに、意気地があって、元気な男の嫁になりたいか」

「あ、ああ」

「言ったな？」

「言った」

「じゃア、いくらでも待ってやる。約束してやる。そのかわり、かならずイイ男になって迎えに来て！」

それだけ言うと於奈津は、くるりと踵《きびす》を返し七軒町のほうに速足で歩いて行った。


又五郎の部屋は、京屋の裏の長屋である。

表店《おもてだな》の京屋のわきに細い路地があり、そこを入った一番奥の、陽も当たらぬ四畳半だ。

又五郎は路地のどぶ板を鳴らさぬように忍び足で部屋に帰り、水がめから少しの水を桶にとって手拭いに浸すと、丁寧に体を拭った。

そして煎餅布団に体を横たえ、じっと於奈津の言葉を思い返した。

目をつぶる。

（自分が本当にやりたいことはなんなのか）

本当に、あの工台の前に座って櫛を作り続けたいのか。

心を入れ替えて目の前の仕事に励みます、って言葉、言うだけだったら簡単だ。

でも、本当に、本当に、そうなのか？

それで本当に胸を張って意気地を通せるのか？

（ああ——）

真っ暗な天井を眺めながら、又五郎はため息をついた。

華やかな、大坂渡りの、寄席の様子。

岡本万作の、練れた、落ち着いた芸風。

幸せそうな客席のひとたち。

（あんな世界もある）

櫛職人の日常——住み慣れた下谷七軒町の、この長屋の路地。親方、於奈津、小鉄や仲間たち
——ここにいれば安全だ。

（だけど）

そのとき、ふいに、つきあげるように激しく又五郎は思った。

「ああ、お笑いをやりてえ」

やっぱり、そうなんだ。

下手だとか。

チカラがないとか。

年齢がどうだとか。

ひとの評判とか、誰かに何かを言われるとか、どうでもいい。

この江戸には、お笑いで食っている玄人のハナシカはただのひとりもいやしない。

公儀はそれを、禁じている。

それも、どうでもいい。

ただ、ただ、お笑いをやりたい。

櫛なんか、本当はどうでもいい。

(ガキみたいだな)

だが、それの何が悪いというのか。

子供っぽい夢の、なにが悪いというのだろう。

お笑いが禁じられたこの江戸という町で、お笑いだけをやりたいなんて、二十歳を超えた男が考えることじゃァない。

だが、それもどうでもいい。

「おいらは、お笑いになりたい――江戸で初めての、お笑いの芸人になりたい――」

誰かが無理だというのなら、自分が切り開いてしまえばいいではないか。

【四】 武州漂流　越ケ谷　松戸

それから半年後。

又五郎の姿は、江戸の府外、武蔵国越ケ谷宿《こしがやじゅく》にあった。

あの夜、お笑いの玄人になりたいと思った又五郎がまず考えたことは、

（客前に出なけりゃァ、ダメだ――）

ということだった。

〈噺の会〉と〈寄席〉はまったくの別モノだった。

旦那衆に向かって話すのと、客に向かって話すのでは、雰囲気も気構えも、なにもかもが違う。岡本万作と自分の違いがあるとすれば、それは客前で芸を鍛えてきたかどうかではあるまいか。

（仲間うちだけを相手にしていては、ダメなのだ）

しかし、お笑い興行が禁じられている江戸に、客などはいない。

上方に行くにも、カネも伝手もない。

そんなとき又五郎は、大田南畝ら〈噺の会〉の古株衆たちの言葉を思い出した。天明の昔、江

戸のあちこちにいたお笑いや大道芸人たちが、寛政の倹約令で江戸所払いになり、府外に逃げた、と。

　江戸の外、それも街道沿いの街。

　そこには芸人がいる。

　その言葉を頼りに、又五郎は江戸を飛び出し、越ケ谷宿にやってきた。

　すると本当に越ケ谷には芸人がおり、お笑い小屋があったのだ。

（噂は、本当だった――）

　又五郎は、勇んだ。

　越ケ谷の芸人どもを仕切っていたのは、旅籠《はたご》の女亭主の愛人で、小島芳太郎《こじまよしたろう》という、背が高く骨柄の太い無頼漢だった。

　小島は、江戸から来たという又五郎を見て、

「立川焉馬のところのモンだと？　ここは、そんな筋目の正しい奴が来るところじゃァねえぜ」

と怪訝な顔をした。

　しかしそれでも、

「まァ、おいらのところに来る奴なんざ、いずれもわけありの流れ者ばかりだ。何があったのか聞かないでおいてやるぜ。迷惑をかけねえ限り、選り好みはしねえ。そのかわり、勧進がないときは雑用もやってもらうぜ」

　と言ってくれた。

　小島親分は、越ケ谷の川湊近くの旅籠『秤屋《はかりや》』の裏にある小屋で、毎晩のように勧進を行う。

　そこでは、酒もつまみも出す。

客の多くは馬喰や船頭といった荒っぽい連中で、いかにも場末の居酒屋といった風情だった。

おそるおそる小屋に入った又五郎は、そこで演じられている芸を見て驚いた。

江戸では見たこともない荒芸ばかりである。

傘を持って、くるくる回しながら踊る唐傘小僧。

全身桃色の服を着て、ひゃっはっはと奇声を発しながら殴り合う夫婦。

仔牛をかつぐ怪力娘に、ただ大声で、うわあああ！　と叫ぶだけのやまびこ男。

（なんだここは）

頭が、くらくらした。

（いったいこれは、『芸』なのか？）

手伝いに出た二日目。

荒っぽい芸人たちのあとで、

「どうだ、腕を見せてみろ」

と言われて、いきなり背中を押された。

ちょ、ちょっと待って——と思ったが、止まらない。

座布団片手に舞台に飛び出て、

「えー、江戸の小噺でございます、ご機嫌を伺わせていただきます」

と言ったものの、わああん、と騒がしい居酒屋の中で声が通らない。

「む、昔のことでございます。長屋の裏に、バカの与太郎がおりまして」

必死で声を張り上げる。

誰も聞いていない。

これはいかぬ、と真っ青になったとき、禿げ頭の芸人がずいと出てきて、

「若えの。そんな上品な真似をしていたンじゃあ、夜も明けちまうぜ。どきな」

と言った。

座布団をもって逃げるように下手にはけると、その男は高座の上に仁王立ちし、

「煙《けむ》巻《ま》きの寅《とら》太《た》にございます！」

と、大声で言った。

すると、酔客たちが一斉にこっちを向く。

「おう、寅太。今日はなにをやるんだ？」

舞台袖の又五郎に、中年の先輩芸人が低い声で耳打ちした。

「若いの、よく見ておけよ。あの寅太さんが、ウチ一番の売れっ子だぜ」

見ると寅太は、するすると着物を脱ぎ、小太りの裸体を蠟燭の下に晒す。

禿げ上がった頭は丸く大きく、腹はまるまると前に飛び出て汗に光っていた。

なんだか狸の置物のようで、それだけでおかしい。

すると。寅太は、

「ハッ！」

と叫ぶが早いか、ぱんぱんぱんと、凄い音で腹鼓《はらつづみ》を叩き始めた。

不思議なことに、ぽん、ぽこぽんと、低い音が混じる。

あの腹には空気でも入っているのか？　本当に、小鼓のような音がする。


ぱぽん、ぽこぽこ、ぱん、ぽこぽこ！

ぽこぽこ、ぽんぽん、ぽん、ぽこぽこ！

だんだん速くなる腹鼓に乗って、小屋中に拍子が巻き起こる。

寅太はそのまま、両足をあげて踊り始めた。

「あ、ホイ！　あ、ホイさ！」

興に乗った客が、二人、三人と踊り始めた。

薄暗い蠟燭のあかりの中、裸の男の腹鼓で、荒くれ男たちが踊っている――。

あまりにバカバカしい光景に、又五郎は、座布団を抱えたまま口をあんぐりとあけた。

客席から、誰かが、

「おい、寅太、いつものアレをやれい！」

といって、湯呑にいれた水を、寅太の腹にかけた。

寅太は怒りもせず、

「合点、承知！」

と叫びながら前に出る。

もっと、水をかけろと言っているのだ。

客席から、水やら酒やらが、どんどんと寅太の腹や胸まわりにかけられた。

寅太は、馬手《めて》で腹をぽんぽこ叩きながら、弓手《ゆんで》で卓の上の猪口《ちょこ》を取り、きゅっと口で吸って、濡れた右乳首の上にペタリとつける。

猪口は胸に吸い付いて、落ちない。

「もう一つ！」

続いて、もう少し大ぶりの猪口を取り、また口で吸って、残る左の乳首の上に吸い付ける。これも落ちない。

小太りの中年男が、全身ずぶぬれで、胸にお猪口をふたつくっつけ、ぽこぽこと調子よく腹鼓を叩きながら、珍妙に踊っている。

「よっ！　はっ！」

寅太の表情は真剣そのもの。

客席は、笑っている。

「まだまだ！」

寅太は叫ぶと、舞台袖の芸人どもに目配せした。

みんな、お猪口やお皿をもって寅太のまわりに集まる。

寅太はそれらを、額やら、背中やら、禿げ上がった頭の上やら、あちこちにぺたぺたつけていく。不思議とどれも落ちない。いったいどうなっているのか。

寅太は、体じゅうにお猪口や皿をくっつけたまま、ハダカで踊り続ける。

その表情やしぐさが、たまらなくおかしい。

客席はうねるように笑っている。

腹をかかえて、動けなくなっている客までいた。

「えいや！　ほらさ！　よっこいショ！」

みんな大喜びである。

しかし、なんという力業であろうか。

舞台の袖で、茫然とそれを見つめている又五郎に、先輩芸人は、言った。

「新入り、よく見ておけ。バカをやりながら、見事に客の心をつかんでおる。あれこそ、越ケ谷秤屋の芸人筆頭、煙巻きの寅太の、体になんでもひっつけるという芸だ。おぬし、見習わねばならぬぞ……」

（こ、これをやらねばならぬというのか？）

又五郎は、頭を掻きむしった。


又五郎はこの『秤屋』で、秋、冬と、働きながら修業を続けた。

秤屋の先輩たちはみな、乱暴に客を驚かせる荒芸ばかりを得意としていた。

金魚を飲み込む、とか、線香を口の中で焚いて鼻から煙を出す、とか、尻に花を生ける、とか、よくもまあこんなことを思いつく、という物を次々と仕掛ける。

粋な江戸小噺が得意な又五郎は、まったくウケない。完全に浮いていた。——それでもなんとか、ついていかなくてはならない。簡単に馘《くび》になるわけにはいかないのだ。

（どうしよう——）

悩む又五郎を見て、大臼《おおうす》のお蔦《つた》という、気のいい太った年増の女芸人が、鶏の鳴き声と、牛と馬の喧嘩、というネタを教えてくれた。

尻を突き出して、コケッ、コケッと、首を振りながら歩き回る。

又五郎は、必死でこれを稽古した。

おかげで何度か、高座で食いつなぐことができたが、

（これでいいンだろうか——？）

と不安になる。

（岡本万作とは、ずいぶん違う方向に来ちゃってる気がするなァ）

このことである。

時々、河原に出て、ひとりで、『武助馬』などを喋っていた。

ひとり元荒川に向かって、

「えー、ばかばかしいお笑いで、ご機嫌を伺います」

などとやってみる。

（な、なにやってンだ。客前でやらないンなら、江戸にいるのと同じじゃァねえか！）

やけくそになった又五郎は、『秤屋』に届く川舟の荷物の積み下ろしをどしどし手伝った。おかげで、積み下ろしの力仕事ばかりが、ずいぶんと上手になっていく。

（芸人なのか、人足なのか、わからねえ始末だな、こりゃ……）

その日も、汗まみれになって、荷下ろしをやっていた——。

大きな荷を担いで、土手をよろよろと登っているときだ。

不意に、

「アニキ！」

と土手の上から、声がかかった。

ふと見て、驚いた。

そこにいたのは、髷を細くひょいとひねり、着物の裾をちょいとからげ、細い眉が吊り上がった若い小柄な男。旅塵にまみれた〈呼び出し小鉄〉だったのだ。

「やっと見つけた！」

土手を駆け下りてきた小鉄に抱きつかれた又五郎、大きな荷物をもったまま、ごろごろと土手を転がり、草まみれになって荷物の下敷きになる。

必死で顔をあげると、川土手の上に、網代《あじろ》に編んだ菅笠をかぶった背の高いサムライが立っていた。〈襖の左団次〉であった。

「お、お前ら、なんでここに？」

「師匠。われらふたり、下谷、千住、草加と聞き込みを重ね、お探したてまつった。ようやくの邂逅《かいこう》――。会えて嬉しゅうござる」

「嬉しゅうござるってお前」

「われら下谷にて、大江戸初の寄席勧進を行った一座の義理により、師匠の難儀を見過ごすわけにはまいりませぬ。助太刀致す！」

大真面目な顔で、左団次は言った。

「半年もかかったぜ……」

小鉄は、口元をへの字に歪ませて、言った。

「ひでえやアニキ。手紙ひとつ残して修業の旅に出ちまうなんざ。おいらとはガキの頃からずっと一緒だったじゃァねえか。遊びも喧嘩もみんな一緒だったろう？　そのおいらに、何も言わずに」

ぽろぽろと涙を流す。

三人は場所を、『秤屋』の小あがりに移していた。

目の前では小島芳太郎親分が、煙草盆を抱えている。

「ふうむ。江戸を飛び出した又五郎を追いかけて、ここまで来たんだって？　奇特な話だな」

「へえ。親分におかれましては、アニキがお世話になりまして」

「まァ、そりゃァ、いいわな」

小島は鷹揚だ。

ただ、

「この若造が、そんなタマとはね」

と驚いた様子だった。

「ここじゃァ、ウケることのひとつもできねえダメな若造だぜ——」

言われる又五郎は、立つ瀬がない。

その通りである。

すると小鉄、キッと背筋を伸ばし、弁護するように言った。

「そりゃァ、そうですよ。聞けば、アニキはここでは、鶏の鳴き声と、牛と馬の喧嘩を演っていると聞きました。そんなもの、山生亭花楽の得意じゃァありやせん」

「山生亭花楽？」

「あ、親分。失礼しました——これは、おいらの江戸での名乗りでして」

又五郎は横から、口をはさむ。

「なんでえ？　てめえ、京屋の又五郎じゃァねえのか？」

「あの、その」

その様子を見て、左団次は言った。

「親分。ここで師匠がどのように名乗っておられるのかはわかりませぬが、こちらにおられる山生亭花楽師匠は、江戸にて、初の寄席勧進を行われた方にございます。話芸の達者にございます」

「なんだと？　そいつァ、聞き捨てならねえな」

煙草盆に灰を落とした小島芳太郎が言った。

「てめえは京屋の又五郎って名前じゃァねえのか？　山生亭花楽だあ？　どっかで聞いた名前だぞ、こらあ」

「親分、花楽の名前をご存知でございましょうか？」

「うーんとな」

小島は頭をひねった。

「江戸から流れてきた連中が話していたのさ。なんでも、江戸の真ん中に大坂の頓作軽口とやらが出てきて興行を打った。しかし、今、江戸に残っている連中は、みんな腰抜けで、手も足も出やしねえ。ただひとり、どっかの長屋住みの若造が立ち上がって、ちっぽけながら勧進を打って出た。そいつの名前が確か……？」

「親分――その花楽こそ、この又五郎アニキでござんす！」

小鉄が莞爾《かんじ》として言った。

「なんだとゥ？」

小島芳太郎は、目を剝いて、又五郎を睨む。

信じられないという顔つきだった。

じろじろと又五郎を見る。

バツが悪くなった又五郎は頭をかきかき、改めて両膝をそろえ、説明した。

「今日まで言わずにすみません、隠してたわけじゃァねえんです」

「むう」

「だが手前、ご覧のとおり、何もできねえ半端な若輩でござんす。名乗るのもおこがましいかと……」

「そんなこたあ、ねえよ」

「手前、生来のバカが昂《こう》じて、勢い余って江戸の真ン中で、寄席の興行に打って出ました。しかし、ひとを笑わす腕もなく、ほうほうの体で退散する始末。しかし、こちとら江戸っ子。このまま黙って身を引くわけにはめえりません。何としても手前にしっかりと芸を身に付け、やりかえさにゃァならねえ。おいら、江戸で初めてのお笑いモノになりてえんでさ。そして江戸の府外に芸の宿場町ありと噂に聞き、修業に罷り越した次第でござんす。この小鉄は、おいらが竹馬《ちくば》の友。そして――」

そして、端然と座る左団次をじっとみつめた。

刀を抱いて膝をそろえ、微動だにしない。

「左団次――あンたまで来てくれるとは思わなかったぜ」

「師匠」

「その言い方、やめてくれ」

「いや、貴殿は拙者にとって師匠でござる。下谷稲荷での勧進のおり、酔客の狼藉《ろうぜき》に動揺した拙者をかばって、舞台に飛び出てくださった」

「そ、そうだっけ？」

「あのとき師匠はおっしゃった。『あるもん全部さらして生きるしかねえんだよ』と」

又五郎は絶句した。

あれは喧嘩の売り言葉に買い言葉。たいして深く考えていたわけではない。

「それに、こうもおっしゃった。『汚かろうが下手だろうが、面白かろうがツマらなかろうが、これが左団次だ』と。その通りでござる。あれが拙者でござる。恥ずかしながら拙者そのものでござる。拙者、このような言葉をいただいたのは、生まれてはじめてに候。この感激、命を賭すに値すべきもの」

「ど、どうにも大げさだね――」

「士は、己を知る者のために死するべし。モノノフの心得の一でござる」

「いや、おいら、モノノフじゃねえし、お笑いだし」

「拙者、師匠についていくと決めて候！」

左団次はぎろりと怖い顔で又五郎を睨みつけ、両手をついて頭をさげる。

「ま、待てよ、左団次――困っちゃったなァ」

その様子を見た小島芳太郎は、懐手をして、くびをひねった。

何か、思うところがあるらしい。

「ふうむ。考えてみりゃあ、てめえが越ケ谷に来た時期と、神田の騒動とやらの時期は重なるな。ハナシをやりてえ、ハナシをやりてえ、と、しつけえのも頷ける。所詮、半端な若造の戯れ言と、深くは考えていなかったが、そんな事情があったとはなァ」

小島は手を叩いて女中を呼び、酒を準備するように言った。

「又五郎――越ケ谷はどうだい？」

「は――」

又五郎は頭をさげる。

「見るもの、聞くもの、すべて新しく、驚きばかり。江戸とはなにもかもが違いましてございます」

「うむ」

「江戸の〈噺の会〉の旦那衆は、百年前の鹿野武左衛門のネタ帳を読んで、いかに上手に演じるかばかりを考えていました。しかし、秤屋の芸人のかたがたは、常に新しいことをやって客を驚かせることを考えている。そのことに驚きました。そして、芸人たるもの、そうあるべきだと得心してございます」

「確かになあ――。だが、ここにあるのは、お前の志す話芸じゃァねえだろう？」

「そのとおりにございます」

「この前の久伊豆《ひさいず》神社での勧進も、さんざんだったじゃァねえか」

「面目次第もございません」

『秤屋』は、先日、越ケ谷の鎮守である久伊豆神社の祭礼において、境内で仮小屋を組んで寄席勧進をした。そこで又五郎は、尻を出してハダカ踊りをやり、さんざんスベっていたのだ。

小島芳太郎は、ふむ、と腕を組み。

「又五郎、てめえ、本気で洒落噺で一旗あげようって思ってンのかい？」

「へえ。僭越ながら、そう考えております」

「江戸にゃァ、ハナシでメシを喰ってる奴なんて、ひとりもいねえんだぜ」

「承知にございます」

又五郎は顔をあげる。

「恥ずかしいンですが、お笑いを知ってこっち、仕事が何にも手につかなくなっちまって――こうなりゃ、お笑いで喰えるようになるしかありません」

「ふうむ。それは、ハナシでなけりゃあならねえってのかい？」

「は？」

「お前さえよけりゃァ、この小島芳太郎が、得意のハダカ芸を教えてやるぜ。ハダカ芸はな、間口が広いんだ。上手になりゃァ、おおよそ日の本の、どこへ行ってもメシが喰える。こっちのほうが良くねえか？」

「そりゃ、身に余ることに、ございます」

又五郎はここで言葉に詰まった。

確かに、なんでハナシじゃなけりゃならないんだろう？

ハダカ芸でもいいではないか。

だが、ひとつ確かなことは、自分はハナシが好きだということだった。

ハダカ芸も良いが、やっているときは必死なばかりで面白くはない。それになんとなく自分らしくない。でも、上手い頓智を利かせた軽口を吐いて、仲間がぽん、と笑ったとき、たまらない喜びを感じる。

「は。ですが、憚《はばか》りながら手前、ハナシがようござんす。おいらは江戸っ子。口から先に生まれた頭の軽い口先は生まれつきにござんす」

又五郎は言った。

「江戸っ子のおいらが、江戸の地元にいつか、江戸言葉のハナシで、興行の花を咲かせる――それがおいらの宿願にございます」

　ぴしりと頭を下げる。

　話をしているうちに、自分の心うちが、どんどん見えてきた。

　そうだ。

　おいらは半年の間、この越ケ谷でスベりながら、こんなことをぐるぐると考えていたンだ。

　小島芳太郎はそんな又五郎の顔を見て、きっぱりと言った。

「よし――。じゃァ、てめえ、川下に行きやがれ」

「は？」

「川下に行くんだ。つまり、松戸、亀戸《かめいど》、小岩よ」

「なぜ」

「ここ越ケ谷はな、奥州往還を運ばれてきた荷物が、江戸行きの舟に積み替えられる湊町よ。どうしたって客は、水夫や馬喰などの荒々しい連中にならァな。芸もハダカやシモネタのような瞬間芸がウケるってもんさ」

　芳太郎は説明した。

「その点、川下は違う。松戸、亀戸、小岩と、上総《かずさ》下総《しもうさ》の物産が集まる町で、小さいながら『花街』がある。商売で潤った旦那衆もいる。こういうところはお座敷があるから、ハナシの需要がある」

「そういうモンですか」

「そういうモンだ――。おいらが川下の親分衆につなぎ状を書いてやる」

「ありがとうございます」

又五郎は頭をさげる。

「うむ。だが忘れるな。こいつは、貸しだ。てめえ、いつか、江戸で初めてのハナシカになって旗を立てると言いやがった」

「へえ」

「いつかてめえが、江戸で師匠になった日にゃ、必ず越ケ谷衆を迎え入れろ。今でこそ江戸ではご禁制のお笑いだが、俺たちが江戸で商売できりゃァ、今より稼げるはずなンだ。よし」

と、そこへ来た燗酒を、三人の茶碗に注ぎ、

「約定《やくじょう》の酒だ――忘れるなよ」

と言った。


数日後の、春の暖かい日。

越ケ谷の湊を出た川舟は、葦原の中の鏡のような水面を、櫂《かい》の音もさわやかに下っていった。

頭上には、青い空に薄い筋雲が、糸球を投げたように広がっている。

それを見ていると、

（ああ、遠くまで来ちゃったなァ）

と思う。

江戸じゃあこの時期に、こんな乾いた空は見られない。

（流れ、流され、西から東、か……）

又五郎は薄い雲を見上げながら、小鉄に言った。

「小鉄。なにも松戸にまでついてこなくてもいいんだぜ」

「なんだよ、つめてえな。子分のひとりぐらい連れて行っても罰はあたらねえだろう？」

小鉄はどこまでも屈託がない。

左団次も言う。

「拙者、師匠についていくと決めて候。モノノフに二言なし」

だから、モノノフじゃあないって。

又五郎、内心、苦虫を噛みつぶしたような気持ちでいる。

たったひとりで芸人修業と気取っていたのに、とんだ珍道中になってしまった。

「ところで――」

又五郎は聞いた。

「おいらが江戸を出た後の京屋の様子は知っているか？」

「もう大騒ぎさ」

小鉄が答える。

「仕事を任せていた一番弟子が、いきなり出ていっちまったンだ。親方が難儀されねえほうがおかしいだろう？」

「こりゃどうにも、痛えところつきやがるナ」

「アニキのせいだぜ」

「そう言うな」

又五郎は、胸に手を当てる。

「あわてて他に奉公人を探したが、京屋の源兵衛親方のご気性はあのとおり。みんな逃げ回って、誰もなり手がありゃしねえ。そこで、町内の顔役が、なんとかしなくちゃなんねえってんで、ひと肌ぬいだ。於奈津ちゃんに婿を迎えようって算段さ」

「え、於奈津に？」

「そうさ。於奈津ちゃんはあのとおり、とんでもねえ別嬪だ。そうとなりゃあ話は別だ。みんなの目の色も変わる。養子のなり手はいくらでもあろうかってもんだ。事情も事情で京屋は急いでいる。江戸じゅうの櫛職人と櫛問屋の間で大変な話題になって、婿のなり手がわんさと押し寄せた——ところが」

「ところが？」

「肝心の於奈津ちゃんが、承知しねえ。あたしにはあたしの考えがあるって、頑として今は婿を取らねえと来たもんだ。隠居も親方も、出入りの問屋も、町の親分も、みんなで説得したが、いやだいやだの一点張りだ。相手の条件はどこもいいのに、にっちもさっちもいきやしねえ。結局、親方と於奈津ちゃんは毎日大喧嘩。町内じゅう大騒ぎ」

　又五郎は、於奈津の顔を思い出す。

　気の強い、整った顔。

　あの感じで、まわりに剣突を食わせてやがるんだろう。

　おいらがいなくなってどう思っただろうか。

　いくらでも待ってやる——あいつはそう言った。

　本気に違いねえ。

　あいつは、そういう奴だ。

「で、京屋はどうなったんだ？」

小鉄は恨みがましい目を又五郎に向けて、

「どうしようもねえだろう。親方が、一切合切ひとりでやっているよ。朝起きて、窯に火を入れて、干している櫛板を箍に嵌めて曲がりを直す。薩摩屋への発注も、白木屋《しろきや》への納品も、全部ひとりさ」

「ふうむ」

「だから作れる櫛の数も半分。稼ぎも半分。問屋をいつも待たせているから商売も怪しくなっちまった――。アニキ、罪作りだぜ。おいら、アニキの子分だからな。しばらく朝は京屋にいって窯の火入れを手伝ったよ。でもよ、火入れだけやってもしょうがないんだな。初めて知ったよ」

それを聞いて又五郎は罪悪感に胸が痛くなる。

本当なら、自分がそこにいて、年老いた親方を支えなくっちゃならない。

親方は、馬喰町の本当の親が死んだあとは、まるで親がわり。源兵衛親方と於奈津は家族だったのだ。

しかし、いっぽうで又五郎は心の奥底で考えた。

（家族だからこそ、耐えられねえこともある）

そういうものだと思うのだ。

たぶんあのとき、自分は限界だった。

あのままてめえの心を誤魔化してあそこにいても、何もいいことはなかった。

（やるしかなかったんだ）

小鉄の恨みがましい言葉を聞いても、その気持ちは変わらない。

(やっぱりおいらはロクデナシだな――しかし、仕方がなかったのさ)

こんな気持ち、小鉄にはわかるまい。

又五郎は、底の平らな川舟の胴に、ごろりと寝ころんだ。

真っ青な空を、雲雀《ひばり》が、飛んでいる。


やがて舟は、元荒川、中川から、ススキの青々と生い茂る水路を抜け、江戸川に入った。

松戸宿は、江戸川の下総側。

水戸往還の関所の町で、規模は越ケ谷のそれよりも大きい。

川沿いに、下野《しもつけ》、常陸《ひたち》からの物産を納める蔵が、堂々と立っている。

納屋河岸を過ぎ、横町の舟着き場に入ると、茶店や旅籠がずらっと並んでいた。

「たいした威勢だぜ」

舟から降りた小鉄が、繁華を仰ぎ見て言った。

公儀のお達しにより、江戸川には橋が架けられていない。

ひとびとは舟待ちのために逗留せざるをえず、そのための宿場町でもあった。

府外であるため、奉行の取り締まりも行き届いていないのだろう。無頼な顔つきの馬喰どもが、駅のまわりにたむろしている。

又五郎を先頭に、一行は体を寄せ合うようにして湊を降りた。

柳の道を進んだすぐ右に、布川屋太兵衛《ふかわやたへえ》の店があった。

ひときわ立派な間口を持った商家だ。

三人を迎えた布川屋は、目のぎょろりと大きな、上等な絣《かすり》の着物を着た大尽だった。

公儀の荷役を承る乾物問屋だという触れ込みだったが、裏では松戸宿と川沿いの一帯を仕切る香具師《やし》口入《くちいれ》の親分だという。

布川屋は、又五郎が差し出した小島芳太郎の手紙をじっくりと読むと、

「ふうむ」

と唸り、こう言った。

「ハナシをやるってえわけか。演《や》ってみな――」

「え？」

「やってみろって、言ってるンだよ」

又五郎は息を呑むと、姿勢を正して、演じ始めた。

鹿野武左衛門作『武助馬』である。

布川屋は、微動だにせずそれを聞いていた。

そして又五郎が演じ終わると、

「ふうむ。まあまあだな――だが、この町で通用するかな」

といった。

不快な言い方だった。

思わずむっとした又五郎の顔つきを鼻で笑った布川屋。

「まあ、小島の野郎の紹介だ。やってみるがいいさ。松戸と、小岩、流山《ながれやま》。こいつはおいらが縄張りだ。せいぜい稼ぐがいいぜ。芸人どもはさんざんいるが、厄介事は起こすなよ――」

そう言って、去っていった。

すぐに番頭がやってきて、布川屋を示す木瓜《もっこう》の焼印を押した木札を渡す。

この木札は、布川屋が面倒見ているという証拠だそうな。

番頭に行けと命じられた旅籠は、松戸の宿場町の外れ、春雨橋《はるさめばし》という短い橋を渡った向こうッ岸にあった。

ふつうの旅人が泊らぬような傾いた旅籠で、名前を『囃子屋《はやしや》』という。

裏には剣術の道場があった。

竹刀の音がパンパンと響いてくる。

湿気った小さな部屋に、一行は荷を解いた。

町中に堀が張り巡らされ、ずいぶんと蚊が多い。

「ふざけた町だぜ」

又五郎は言った。

「だが、この町にゃァ、話芸があるってえ話。せいぜい、江戸前の芸を、見せつけてやるしかねえ」

部屋を見回す小鉄は不安げだ。

「辛気臭え町だな——なんだか、怖えや」

左団次は最後に部屋に入り、黙って隅に端座する。

その時だ。

うりゃあああ！

という大声がして、裏の道場の破れた壁から、ヒトが、転げ出てきた。

「びっくりした！」

小鉄が目を真ん丸にして叫ぶ。
なんと荒っぽい町なのだろう。

【五】 下総松戸の謎かけ男

翌日から、又五郎は、松戸の街の料亭の座敷に出た。

木瓜の木札を見せれば、どの店も勝手口から支度部屋に入れてくれる。

そういう仕組みらしかった。

しばらく待って、日が暮れたころ、置屋から回されてきた芸妓と一緒に席に入る。

さっそくはりきって、

「花楽にございまする！　江戸仕立ての軽口剽軽にございまする」

と叫んだところ、

「なんだなんだ、お前なんか呼んじゃいねえぞ」

といきなり客に剣突を食わされた。

「ご機嫌伺いでござい」

「うるせえ、こっちは男なんざ呼んじゃいねえンだ！」

「へえ」

ここは隅に恐縮しなければならない。

（く、くそ――）

まるで下人の扱いだ。

いい加減、芸妓の唄が終わったところで、

「旦那、そろそろお笑いを一席」

などと声をかけても、

「うるせえ、てめえなんざ、帰れ帰れ」

などと酔客に罵られる。

「ハナシなんぞ、いらねえぞ。歌でもうたえ！」

又五郎は奥歯を噛みしめながら宿に帰る。

越ケ谷でいろいろ考えて、いまさら話芸以外に手を出す気もなかった。

宿に帰れば湿っぽい部屋に、小鉄と左団次が、不景気な顔をしてたむろしている。

ふたりも、又五郎にならって、料亭を狙って座敷の機嫌伺いをしていた。

「おう、どうでえ」

「どうもこうもねえや。この町の連中は粋を知らねえよ」

「左様でござる。吉原を知らぬのだから話にならぬ」

三人が三人とも、松戸の客を罵倒して、うつむいた。

そんな又五郎が、〈春の淡雪《あわゆき》〉の噂を聞いたのは初夏の頃だ。

その日も相変わらず、料亭富吉《とみよし》の座敷で田舎成金にバカにされていた又五郎。

客が、

「まったく、春の淡雪を見習いやがれ――」

と言ったのを聞き逃さず、思わず聞いた。

「旦那」

「なんだ？」

「春の淡雪、って何？」

「おまえ、モグリか？　春の淡雪を知らねえたあ」

すっかり酔っぱらっている客が赤ら顔で睨んでくる。

「北は野田、関宿《せきやど》から、南は市川、猫実《ねこざね》まで、この川沿い一番の芸人だ。爪の垢でも煎じて飲みやがれ！」


翌日の夕方、街道沿いの旅籠、幸屋《さいわいや》の二階の広間の障子は、開け放たれていた。

さわさわと賑やかな酔客の声が、道にまで聞こえてくる。

どうやら多くの人が集まっているようだ。

又五郎は暗い路上に立って、その様子を見上げていた。

宿の老婆の話では、今夜、噂の〈春の淡雪〉が、幸屋でひとを集めて席を開いているというのだ。

（どんな野郎か、ツラを拝んでやろうじゃァねえか）

又五郎は、勝手口から、木瓜の木札を見せて幸屋にあがった。

席は、廊下を抜けて急な階段を上ったところにあった。

一番後ろから席に入る。

何十人もの客が、ぎゅうぎゅう詰めに座って、勝手に酒を呑んでいた。

奥の床の前にわずかな高さの高座をおいて、異国渡りの派手な着物を着た痩せた男が、満面の笑みで座っている。

「えー。ひととおり、座が温まったところで」

しわくちゃの顔をニコニコさせて、高い声で言った。

（わ、話芸だ――）

又五郎の胸はときめいた。

江戸を出てから初めて、話芸の芸人を見た――。

男は、

「はてさて――」

と陽気な声をあげて、続ける。

「今宵は楽しき松戸の夜でございますな。さて、お待ちかねでございます。なんでもするすると謎を解いてご覧に入れましょう。そろそろ皆様からお題をいただきましょうかな」

「待ってました！」

「いいぞ、淡雪！」

酔客から、声がかかる。

「御料松戸宿！」

「へえ、御料松戸宿。お題をいただきました」

男は、おどけた仕草で扇子をひろげてその場でくるりと回し、

「整いましてございます！」

と言った。

「市川團十郎と解きまする！」

「その心は！」

「どちらも海老《えび》が繁盛《はんじょう》でございます」

どっ。

客が沸く。

みんな笑顔だ。

言うまでもなく市川團十郎は江戸の歌舞伎の人気者。その息子は海老蔵といった。いっぽう宿場町の本陣は海老屋という。

すぐさま客が叫ぶように言う。

「んじゃあ、除夜の鐘、じゃァどうだ！」

「はい」

男はおどけた顔で、客の顔を見て、

「へえ、除夜の鐘。お題をいただきましてございます！」

と言い、ふたたび扇子をひろげて、くるりと回す。

「整いましてございます」

「なんだ」

「如来庵《にょらいあん》の住職様と解きまする」

「その心は」

「いずれも鳴るのはしゃくはち（尺八・百八）でございまする」

わっはっは、と皆が笑う。

その様子を後ろで見ていた又五郎。

全身に雷が落ちるごとくの衝撃をうけた。

初めて見る――これはなんという芸だ？　話芸ではある。しかし『落とし噺』ではない。大坂の『頓作軽口』でもなく、江戸の『軽口瓢軽』でもない。洒落ではないが、洒落ている。ハナシではないが、オチがある。

そして、何より、客も巻き込んで爆笑を呼んでいる。

客から〈お題〉と呼ばれる言葉を取り、それに頓智を利かせて返してみせる。

なんと新しいのだろう。

面白い！

「利根川、ではどうでい」

「へえ、坂東太郎でございまするな。お題をいただきましてございます。ささて、整いましてございます」

「なんと解く！」

「祭りのお囃子と解きまする」

「その心は？」

「やがて銚子（調子）につきまする」

「見事！」

「じゃァ、江戸川じゃァどうでえ」

「へえ。浅利道場、中西道場、宝光院と解きまする」

「その心は？」

「なか側（中川）がつながっておりましょう」

「やられた」

客席からおひねりがぽんぽんと飛ぶ。

拍手の波に乗って。

男はひらひらと手をひろげ、踊るような仕草をしている。

「いいぞ、淡雪！」

酔客が大喜びで叫ぶように言った。

「こ、これはなんという芸なのだ――」

思わずつぶやいた又五郎に、近くにいた中年の客が言った。

「なんだ、お兄さん。春の淡雪は初めてかいな？　これが名物の〈謎かけ〉だよ。どんなお題をかけられても、すぐにとけるから、〈春の淡雪〉。洒落が利いてるよな。この松戸じゃあ、大人気さ――」

全身に泡が立つような感動が、又五郎の体を突き抜ける。

凄い。

話芸だけど、それだけじゃない。

その日又五郎は、宴席を終えた〈春の淡雪〉を、幸屋の支度部屋で待ち伏せた。

やがて部屋の襖があくと、又五郎は頭をさげて叫ぶように言った。

「淡雪の――初めてお目にかかるぜ！」

淡雪はぎょっとしたようだった。

支度部屋の暗い行灯の中で見る淡雪は、驚くほど悪相の、皺の深い小柄な中年男だった。本当に先ほど、明るい光の中でひらひらと踊っていたにこやかな男と同一人物だろうか。どろりと淀んだ目つきで、又五郎を見下ろしている。

又五郎は、かまわず続けた。

「あんたの芸、初めて見た。なんて凄ぇ芸なんだ。手前、江戸にて洒落噺で身を立てんと志す、山生亭花楽と申すもの。どうか、おいらにあの芸を教えてくれねえか」

「江戸だと？」

淡雪は、吐き捨てるように言った。

「江戸には、今、ひとりの芸人もいねえはずだがな」

「おいらが最初のひとりになる。どうか教えてやってくれ」

又五郎は頭を畳にこすりつけるようにした。

淡雪は低く、しゃがれた声でこう言う。

「若えの、ここはおいらがショバだぜ。商売ガタキに教えてやるモンはねえな」

「そこを、なんとか」

「江戸者は嫌いだね。帰りな」

そう言うと背を向け、行灯の明かりのそばで、おひねりをほぐして、一文銭やら四文銭やらを、一枚一枚丁寧に数え始めた。

翌日の、昼下がり。

湊近くの置屋で、残り汁のぶっかけメシを掻き込んでいた又五郎は、たまたま芸者の様子を覗きに来た布川屋に声をかけられた。

「おめえ」

でっぷりと太った威厳のある体つきだ。

「まだ頑張っているようだな。もうひと月だぜ」

「――――」

「お前の芸を見て、三日はもたねえだろうと思っていたが、それにしちゃあ逃げ出さずに続けているじゃァねえか」

その言い方が、カチンとくる。

ふてくされて黙っている又五郎。

それを見て布川屋は続ける。

「黙っていたって仕方がねえや。どんな調子だ」

「どうもこうもありやせん。こんな腐れ宿場の田舎モンにゃあ、おいらの粋芸はわからねえようでございます」

「ふん」

布川屋は面白そうに笑った。

「苦労しているようだな。言うじゃァねえか」

又五郎は吐き捨てるように言う。

「だが、ただ一人、春の淡雪には驚きましたがね」

「淡雪に会ったか」

「ええ——こんな町にいるのは、舟で儲けた成金か、ヤクザや博徒。芸人も、江戸から落ちてきた雑芸の連中ばかりだろうと思っていましたが、驚きました。話芸で演芸。ホンモノだ」

「ふうむ」

布川屋は、中腰になって、又五郎の顔を覗き込むようにした。

みかんの皮を伸ばしたような脂ぎった鼻の頭が、てらてらと光っている。

「そう思ったか」

「そう思いました。だが、なぜか口をきいてもくれねえ——あの芸、なんとか教えてもらえねえもんですかね？」

それを聞いて布川屋は、あごをなでるようにした。

「無理だろうな」

「なぜですか」

又五郎は顔をあげる。

「いろいろあるのさ」

「あの淡雪って野郎、どうも江戸者が嫌いなようです。どこの田舎モンか知らねえが、どういうわけで、あんなに江戸を毛嫌いしてやがるンでしょうね？」

「田舎者でもねえぞ」

「なんですと？」

「ああ見えて、あいつは江戸府下——青山長者丸《ちょうじゃがまる》の生まれだよ」

「えっ」

「陸奥二本松丹羽《にわ》家の中屋敷の長屋。そこであいつは生まれたのさ」

又五郎は瞠目《どうもく》して、布川屋を見た。

しかも武家とは——。

淡雪の、農夫のごとき風貌を思い出す。

「ふふ。ここは関所の外、江戸の府外だ。江戸を追われた流れものどもが流れ着く町さ。そんなもんがいてもおかしくねえや」

「江戸者——」

「あとは、あいつに聞くんだな」

「教えてくれねえんですかい？」

「俺ァ、芸人じゃァねえぜ。この町を仕切る顔役よ。てめえみてえな青臭い若造に、なんでそんな親切にしなくちゃならねえんだ」

布川屋は不敵に笑うと、裾を払って出て行った。


その夜、又五郎は江戸川の河原に出てみた。

広い葦原があって、そこは平潟と呼ばれる湿地である。

その先の、広い水面に、真ん丸のお月さまが浮かんでいた。

又五郎は、土手に座ってじっと水面を見ていた。

川に差し出た船着き場に立てた竿の先に、常夜灯があって、風に揺れている。

すると真っ暗な水面を滑るように、一艘の舟がやってきた。川の真ン中で、男女がきゃあきゃあと騒いでいる。酔った男と、どこかの芸妓らしい女。

（なるほど、越ケ谷の小島親分の言うことは正しかった。松戸は越ケ谷とは違う）

松戸は下総武蔵の舟が行きかう、商業の拠点。

芸能を楽しむ余裕のある、商人どもの町だ。

この町で評判をとるということは、川沿いで一番ということ。江戸に旗を立てるには、ここで一番にならなければならない。

そんな気がしてならない。

「アニキ――」

背後から、誰かが声をかける。

小鉄であった。

「大丈夫かい？　ふさぎ込んでいるように見えるぜ」

「いや、なんでもねえよ」

その不機嫌そうな横顔を、小鉄は覗き込むようにした。

顔をあげる。

川の向こう、はるか西に江戸がある。

小鉄は聞いた。

「江戸に、帰りてえと思わねえのかい？」

「む――てめえ、帰りてえのか？」

「当たり前だよ」

「じゃ、帰りな」

「意地悪言うなよ。ガキの頃から一緒じゃねえか。おいら、アニキのことを本当の兄貴だと思っているんだぜ。一緒にいさせてくれよ」

「おいらは、まだ江戸に帰りたいとは思わねえ」

「なぜだい？　江戸にはなにもかもがある。家もあるし、酒もあるし、江戸前の魚はうまい。友達も、お笑いの仲間もいる。貧乏人だって、朝には髪結いで髭をあたって、夕には湯屋で汗を流す。あんな暮らしは江戸じゃなくっちゃできねえや——。それにアニキ。アニキには於奈津ちゃんがいるじゃァねえか。あんないい女が、帰りを待っているんだぜ。仕事が不安なら、櫛をやればいい。雇ってくれる工房はいくらでもあるだろう？」

「——それじゃ、ダメなんだ」

又五郎は言う。

「櫛の腕がある？　冗談じゃァねえ、おいらの櫛の腕は、源兵衛親方の足元にも及ばねえぜ。そんなおいらを雇ってくれる親方がいたとして、源兵衛親方ほどの腕はあるたあ思えねえな。於奈津が待ってる？　あいつが待っているのは、強い男で、弱いダメなおいらじゃァねえ。強い男だけを待ってるから、あいつはいい女なんじゃねえか。そんな女に頭をさげて、一生哀れみを受けて食わせてもらおうたァ思わねえな」

「アニキ——」

「おいらは、元が何にも持ってねえ半竹モンよ。このまま手ぶらで帰ったらそのまま一生を終えにゃならねえ。今、ここから逃げたら、一生、逃げることになる」

そんな言葉をつなげる又五郎の横顔を、小鉄は驚いたように見つめる。

又五郎は、ふと、小鉄を見て、言った。

「なあ、小鉄。お題をかけてくれねえか」

「お題をかける？」

「なんでもいいンだ。下谷稲荷でも、根津の権現様でも、なンか、思いついたことを言ってくれ」

小鉄は腕を組んで、うーん、と考え、こう言った。

「それじゃ、下谷七軒町三味線堀じゃァ、どうだ？」

「三味線堀」

又五郎は、じっと考えた。

腕を組んで、首をひねっている。

そして、

「ううむ。幼馴染みの女の時候の挨拶と、解く――」

と、言った。

「なんだよ、それ」

「いいから、その心は、と言ってくれるか？」

「その心は？」

「どちらも、水くさいものでございます」

「むむ？」

小鉄は驚いたように、又五郎の横顔を見た。

「もう一度。何か言ってくれ」

「うーんと、源兵衛親方、だ」

「京屋源兵衛親方、か」

又五郎は、また腕を組んで考える。

「長屋の子猫、と解く——」

「なんだよ、それ？」

「その心は」

「その心は？」

「どちらも、目立て（目、縦）がよろしいようで」

「アニキ、ちょっと待てよ」

小鉄は、憎体の顔を歪ませて、言った。

「ちょっと、なんだよ、それ」

「小鉄——おらあ、凄い芸を見たんだ。見たこともない芸だ。しかも、それが江戸っ子の芸だという」

又五郎は息せき切って、おっかけるように言う——。

「〈謎かけ〉っていうンだそうだ。客にお題をかけてもらって、そいつに頓智を利かせて一瞬で解いて、洒落に落として見せる。機転の話芸だ。ただ話すだけじゃない。ちゃんとネタの仕掛けがあるんだ。これは江戸の粋の極め付きだ。凄くねえか」

又五郎の目が、きらきら輝いている。

それを見て小鉄は、あれっと思った。

ガキの頃から一緒にいる。喧嘩にいたずら、酒に博奕、バカなことは大抵一緒にやってきた。数年前から軽口剽軽にハマって、あちこちのお笑い講に出入りするようになって——。はじめて焉馬の棟梁に会うことになった夜も、アニキはこういう顔をしていた。

なにか面白いことが起きたとき。

　わくわくすることが胸の中の大事などこかに、ストンと落ちたとき。

　決まって又五郎は、こんな輝くような顔をする。

「ふうん。それじゃあアニキは、その謎かけとやらをモノにしてやろうってえのかい？　面白そうじゃァねえか」

　小鉄は言った。

「うむ。おいらもそう思う」

　又五郎は何度も頷き、小鉄にむかって唾がかかりそうな勢いで、言った。

「お題をかけてくんな」

「そ、そうだな。――えっと、夜鳴き蕎麦」

「ふうむ」

「解けるかい？」

「解けた」

「観音様の堂前門番の、うどの大木の足袋、ではどうでえ？」

「その心は？」

「どちらも十六文だ」

「おお」

　小鉄、嬉しくなって手をたたく。

「大したモンじゃァねえか！」

「全然ダメだ。時間がかかりすぎる。それに洒落のひねりがまだ甘い。春の淡雪は、もっと早い上に、もっと頓智が利いていた」

「春の淡雪か」

「あいつが、この松戸で一番人気の芸人だそうな。それが話芸だっていうンだから嬉しいじゃねえか」

「アニキ、こいつァ、やるしかねえな」

「ああ。淡雪が教えてくれねえンなら、自分でやるしかねえ」

その横顔を見ていて、小鉄は嬉しくなった。

「ああ、やっぱりすげえな、アニキは」

「何を言ってる」

「おいらも、話芸をやろうかな」

「おお。やれ、やれ。元からお前は声がいい。きっとすげえハナシカになるぜ――」

それを聞いた小鉄、じっと考えるような顔をする。

そして、こう言った。

「アニキとちがって、おいらは頓智が利かねえ。機転の利いた洒落なんざ到底言えねえ。だが、この声を生かして、聞かせることはできるかもしれねえ」

「そうだな」

「そうなると、ネタが重要」

小鉄は腕を組んで、遠くを見る。

「アニキ。おいらたちが逗留している旅籠――囃子屋と言ったな――の、裏のボロ道場、寺につながっていやがる。昨日、ヒマに任せて縁側に横になっていたら、寺男だっていうジジイが来て、よもやま話をしていきやがった。それが、ずいぶんと面白い話だったぜ」

「どんな話でえ？」

「もとより松戸は、渡し舟を待つ関所の外の宿場町。こういう町には花街がある。当然そこには、女郎がいる。つまり、あたりの農家から、貧しい女どもが売られてくるわけだな」

「〽松戸女郎衆は　いかりか網か　上り下りの舟止める……」

「そうだ、そンな唄もある。だが、そんな娘の中には、行く末を悲観して首をくくったり、井戸に飛び込んで死んじまうやつらもいるわけだ。その供養を一手に引き受けているのが、宝光院ってわけで――。　夜な夜な出るらしい」

「出る？」

「お化けだよ。男に騙され売られた女郎のお化けが、うらめしやァって出るわけさ」

「気持ちの悪い話だな。おいらたちがいる旅籠、幽霊宿だっていうのかよ。どうりで辛気臭い宿だと思ったぜ」

「はは。おいらたち貧乏人にはお似合いだ。だが、思わず聞いちまう話だと思わねえか」

そう言われて、又五郎ははっとした。

「うむ。思わず聞きいっちまったな」

「おいらたち、軽口剽軽のお笑い講を通じて〈噺の会〉を知った。そこで教わるのは滑稽噺で、粋なお笑いだ。だが、ひとびとは怪談だって大好きだ。客は、笑い話だろうが怪談話だろうが関係ねえ。面白い話が、大好きだ」

「新しいな、小鉄」

「アニキ――おいら、やってみようかな。頓智の利かねえおいらには滑稽噺は無理だが、怪談ならアニキの前座が勤まるかもしれない。おいらがさんざん怖がらせて、アニキがどっと笑わせるのさ」

夢中で語りあう二人の頬を、江戸川の葦河原を渡る夏の夜風が、そっとなでていく。

松戸の芸人たちは、水路で結ばれた野田、流山、小岩、ときには亀戸や本一色《ほんいっしき》、市川といった町の座敷に出ている。

川を行きかう布川屋の舟が、町を結んでいた。

又五郎が初めて〈謎かけ〉を試したのは、市川の法華経寺《ほけきょうじ》門前町だった。

ここは七百年も前に拓《ひら》かれた湊町で、五百年前に日蓮上人が建てたという寺を中心に、料理屋や旅籠が立ち並んでいる。

そこの座敷にあがった又五郎は、小噺を少しやったあと、

「さて——ここで趣向を変えまして。謎を解いて進ぜようと思います」

と言った。

すると、法華経寺門徒の酔客たちが、思った以上に盛りあがった。

「おっ。噂に聞く〈謎かけ〉だな！」

「玄人の〈謎かけ〉を初めて聞くぜ」

その様子に驚き、また緊張する。

下手なことはできない。

「さて。お題を賜ります」

「じゃぁ、法華経寺様だな――」

「うむ。当然、当然」

「へえ。法華経寺様。お題を承りました」

又五郎、淡雪の真似をしてくるりと扇子を回す。

「整いましてございます」

「なんだ」

「江戸は深川、ご公儀小普請方の大工、立川焉馬棟梁と解きまする」

「その心は！」

「どちらも、お材木（題目）に助けられてございます」

「うまい！」

拍手喝采。

座敷はおおいに盛り上がった。

大ウケだ。

今までと、全然違う。

（凄い！）

又五郎は興奮した。

心の片隅に、所詮これは春の淡雪の芸の真似に過ぎない、という後ろめたさはあったが、ウケるに越したことはない。

以来、又五郎は松戸以外の町で、つかみに〈謎かけ〉をやるようになった。

〈謎かけ〉をやってから軽口剽軽の小噺に入ると、みんな食い入るように聞いてくれる――。

「どんどん、やるしかねえ」

又五郎は、ひまさえあれば河原に出て、ひたすら稽古を重ねる。

そして、上達していった。

不思議なことに、謎かけが上達すると、そのあとに話す、江戸小噺のウケもよくなっていく。

二ヵ月、三ヵ月と経つうちに、だんだんと、わかってきた。自分に足りなかったもの、そして、高座のコツ、というものが。

(そうか──今までのおいらは、客の顔をちゃんと見ていなかったンだ)

謎かけを知り、お題をかけてもらうことで、自然に目の前の客の顔や、心の動きや、反応や、気持ちというやつを、しっかりと感じることができるようになってきた。

だから、本職の話芸もウケるようになってきた──。

(そういうことだったのか)

ぐんぐんと自分が伸びていくのがわかる。

芸人としてこんなに嬉しいことはない。

こうして半年が過ぎただろうか。

秋も深まり、冬の乾いた空が透き通った夕方、江戸川からの道を歩いていると、松戸御獄社の脇の旅籠から出てきた小柄な男がぶつかってきた──。

「おっ」

ぶつかられた又五郎は、驚いて目を剝いた。

春の淡雪、だった。

「てめえ」

淡雪は、細く痩せた肩を斜めに落とし、こう言った。

「どういうつもりだ」

「どういうつもり、とは？」

又五郎は、身構えて、言った。

「知れたこと――おいらがショバを荒らしやがって」

「謎かけは江戸で生まれたって聞いたぜ。あんたの創意じゃねえだろう？」

「うるせえ。謎かけ、といやあ春の淡雪。おいらの看板よ。その評判ひとつで、おいらは松戸で稼いでいるンだぜ」

「あんたの体がふたつあるわけじゃァねえ。別の場所でやったって、あんたの景気が落ちるモンじゃァねえだろう」

「うるせえ、若えの。ここで黙っていたんじゃァ、おいらの男がすたるってえもんよ」

淡雪は、すらりと短刀を抜き、鞘を捨てる。

「聞けばてめえ、櫛職人だそうだな。江戸に親方がいて、暖けえ家があるそうじゃねえか。ふざけやがって。こちとらもう帰る家なんざ、ありゃしねえ。おいらはこの芸で食うしかねえんだ――邪魔するモンは殺っちまうしかねえ」

目が血走っている。

「江戸者が――ふざけやがって」

「待て、淡雪の。あンたも江戸者って聞いたぜ」

左右が極端に大きさの違う目が、ぴくりと動く。

「誰に聞きやがった」

「誰でもいいだろ」

「ふざけるな。殺してやる」

「待て。おいらもあんたも、江戸っ子。どうやら的は、ひとつじゃァねえのかい？」

「何を言ってやがる」

「おいら、府外で修業して、いつか江戸に一旗あげるつもりだ。どうだい、あんたも一緒にやらねえか」

「ふざけるな。おいら江戸なんざ大っ嫌いなんだ。江戸にゃァさんざん煮え湯を飲まされた。江戸の町も、江戸の連中も大っ嫌いだ。立川焉馬？　大田南畝？　殺してやりてえ」

「む？　あんた、棟梁や旦那を知っているのか」

「うるせえ！」

淡雪は、刀を光らせて斬りかかってくる。

思わず、避ける又五郎。道ッ端での喧嘩は得意でも、サムライの剣戟《けんげき》には慣れていない。

（まずいかもしれねえ）

又五郎は思った。

淡雪は短刀を右手、左手に持ち替えながら、中腰になって迫ってくる。

「てめえ、生きて松戸を出れると思うなよ」

「待て。おいらが〈謎かけ〉をやめればいいのか」

「もう遅えんだよ」

「なんだと」

「――気に食わねえ。気に食わねえぜ」

淡雪は濡れた唇を歪ませて、すり足で、体を右に揺らして言った。

「おいらはもう五年もこの松戸を根城に稼いでいる。このあたりの芸人どもはみんなおいらが仲間だ。おいらがひと声かけりゃあ、てめえの命はひとたまりもねえんだぜ。江戸川の鯰《なまず》の餌になりたくなかったら、荷物をまとめて、江戸に帰りな」

「おい、淡雪の。誤解しないでくれ。おいらはあんたを邪魔する気はねえ」

「してるじゃァねえか」

「あんたの芸が好きなんだ。おいらは、あんたに弟子入りしてえ。あんたから教わって、うまくなりてえ」

「ふざけるな。この芸は、おいらのモンだ。江戸者なんかにわかるものか」

その時、騒ぎを聞いた小鉄と左団次が、春雨橋の向こうから走ってきた。

「アニキ！」

「しっかりなされ！」

左団次は、手に大刀を提げている。

「てめえ。手下に長い刀《の》を持たせてやがるたあ、卑怯なやつだぜ。もう一度言っておくぜ。命が惜しければ松戸を出るんだな。今度、貴様を見かけたときは、叩き斬ってやる」

「淡雪の」

「おいらの芸を堂々と真似しやがって。てめえも芸人なら、てめえだけの工夫で、てめえだけの芸を、やりやがれ」

淡雪はそう言うと、抜き身の刀を持ったまま、じりじりと後ろに下がり、手探りで足元の鞘をひろった。

そして静かに刀をおさめると、さっと裾を翻し、布川屋のほうに去った。

「アニキ。これ以上、この町に居続けるのはヤバいンじゃねえのか？」

囃子屋の湿った部屋に戻ると、小鉄は言った。

「淡雪の言うことが本当なら、危ないよ」

左団次は、大刀を抱えたまま部屋の隅から動かない。

又五郎は小鉄を睨んで刺すように言った。

「ここを出て、どこへ行けばいいっていうンだ？　府外川沿いで一番宴席が多いのは松戸じゃァねえか」

「江戸に帰ればいいじゃないか」

「なんだとゥ？」

「於奈津ちゃんが待ってるよ」

「む、むう」

又五郎は怒ったような顔つきで絶句した。

「於奈津ちゃんは、京屋の裏の部屋を、今も掃除して風を通してる。アニキの櫛道具もちゃんと十日に一度は油をくれてやっているんだぜ。源兵衛親方はアニキを許す気配もないが、於奈津ちゃんなら説得できる。ちゃんと、あの四畳半に戻れるよ」

「待て」

低い声で、又五郎は言う。

「てめえ、なんでそんなことを知っている？」

「えっ」

「なんであの四畳半の今のことを、知ってるのかってえ聞いてるンだ――おいら、江戸を出てもう一年半になるんだぜ」

「そ、それは――」

小鉄は急にあせったように目をしばたたかせた。

膝に乗せた両こぶしを、ジトっと握る。

「てめえ」

又五郎、立ち上がって言う。

「時々ひとりで消えるとおもったら、於奈津の奴と繋ぎをとってやがったな。飛脚を雇ってやがったンだろう？」

「な、なにが悪いんだよ、アニキ。何も悪いことはしてねえや。もともとおいらたちが越ケ谷までアニキを追いかけて行けたのは、於奈津ちゃんが路銀を都合してくれたからなんだぜ」

「何ィ、路銀をゥ？　――本当か、左団次」

左団次は、口をへの字に曲げたまま、じっと又五郎を見る。

「左様でござる」

「て、てめえら」

「もっとも、最初にもらった路銀は越ケ谷でとっくに使い切ってござる。松戸に来てからは、拙者も小鉄殿も座敷で稼いだ生き金でござる」

それを聞いた又五郎は、ぶるぶると震えて、立ち上がる。

「お前ら、於奈津に命じられて、おいらの目付けをしてやがったな！　な、なんて恥をかかせやがる。あの女もてめえらも、ふざけやがって、この野郎」

「待てよ、アニキ！」

小鉄は、たまらず立ち上がる。

「恥たァなんだ、恥たァ！　おいらとアニキはもとより一蓮托生《いちれんたくしょう》。於奈津ちゃんと三人で幼馴染じゃァねえか。心配しちゃいけねえってえのかよ！　於奈津ちゃんがどんな思いでアニキのことを待っているか、わかるってえのか」

「あいつはそんなタマじゃねえ」

「そんなタマじゃねえだと？　アニキ、てめえ、於奈津ちゃんの何を知ってるって言うんだ。ふざけるな！　好きな男が、修業だなんだって勝手なこと言って目の前から消えたら、どんなに不安だと思うんだ。そんなこともわからねえのか」

「なんだと？」

「いつも自分のことばっかりのくせして！」

「なにィ」

「アニキは昔からそうさ。顔がよくって背が高い。粋でイナセな江戸職人で、櫛をやらせても、読み書きも、何をやらせてもうまくやる。お笑い講に通えば、すぐに頭角を現して、あっという間に〈噺の会〉に登壇だ。みんなに好かれるのも当たり前。おいらを見ろ、奉公先ではバカ扱い、〈噺の会〉では下手扱い。女にゃモテず、顔も悪けりゃ屁も臭い。そんなおいらがガキの頃から一緒のアニキについていきたい、そのためになんかやろうと思って何が悪いんだ！」

「なんだと？」

「そうやって思ってもらえるのを、当たり前だと思うンじゃねえよ！」

「小鉄」

「ええい、おいらのことはどうでもいいや。於奈津ちゃんのことだ！　於奈津ちゃんはな、江戸っ子だから口が悪くてガサツで乱暴。不器用で娘らしさはかけらもない。だがな、あんな心根の優しい子はそうはいない。あんないい女に好かれて、平気な顔をしてやがって、ふざけるな！」

　小鉄は、もう、泣きそうだ。

「そんな於奈津ちゃんに、心配顔で、小鉄ちゃん、あのひとを捜し出して居場所だけ教えて。あたしのことはアイツには言わないで。――そんなふうに言われたら、こちとら江戸っ子、ひと肌もふた肌も脱ごうってモンだ。草の根を分けてでもアニキを捜し出して、様子を知らせてやるさ。なんでえ、たかが手紙で怒りやがってコン畜生。居場所を於奈津ちゃんに知らせるのが、そんなに悪いか、この野郎」

「なんだと」

「アニキはいい男かもしれねえが、バカだ！」

「ば、バカだと？」

「バカで悪けりゃ、素っ頓狂だ！　思い付きで突っ走りやがって」

「素っ頓狂だと？　この野郎」

　又五郎は奥歯を嚙み締めて、小鉄を睨みつけた。

　ふ、ふざけやがって。

　そして、横で微動だにしない左団次を睨む。

「左団次――。あんたも同じかい？」

左団次は大刀を脇においたまま、眉をぴくりとあげた。

「師匠。拙者が下谷稲荷の興行にて、師匠が言葉に心動かされ、ついていこうと思ったのは本当でござる。そしてもう一つ。師匠が舞台に立った時の、不思議な華やかさ。それを自覚しなされ。あなたには華がある。きっとあれは、立川焉馬棟梁や大田南畝先生が、若き頃に放っていたに違いない色気であろう。二十二歳の若き男の野心の匂い、新しきものを生みだそうという心意気が、匂い立つようでござった。それは、腕ではない。技でもない。上手かろうが下手かろうが関係ない。貴殿自身が放つもの、すなわち『才』であった」

左団次は低い声で続ける。

「貴殿であれば、本当に、鹿野武左衛門以来百年途絶えた江戸の話芸の興行を、復活させるかもしれぬ。拙者はそう思った——。ゆえに、ついてきた。そこにたまたま、於奈津殿の話が持ち込まれただけでござる」

そして顔をあげ、切りつけるように言った。

「あの娘御——」

「む」

「いい女でござる。手放さぬがよかろう」

ふたりに迫られ、又五郎はその場にどっと腰を下ろした。

胸に手をあてて、目をつぶる。

よく考えろ——考えずに、怒りにまかせて動くのはもうやめだ。

考えろ、考えろ。

じりり、と行灯の、安い油が焼ける音がする。

ぴりり、ぴりり、と、小さな虫が、行灯の紙にぶつかって羽音を立てている。

又五郎はふと目を開けた――。

当たり前に思うな。

みんなの思いや義理を、当たり前だと思っちゃならねえ。

(さあ、どうする？)

自分は、すべてを捨てて、裸一貫で江戸を飛び出してきた。明日のことなど知らず、たった一人で、信じる道を進んできた。男一匹、男伊達《おとこだて》。これぞ江戸前の生きる道――そう、思い込んで、心の奥底で得意満面でいた。

しかしホントは、男一匹どころじゃァねえ。

多くの縁に助けられ、捨てたつもりのしがらみに守られていた。所詮は二十歳そこそこの若造、陰に日向に支えられていたのだ。

(それでいいのか――)

だからこそ、ここでハンパに終わるわけにはいかねえんじゃねえか。

自分だけの何かをつかまにゃァ、ならねえんじゃねえか。

すべては自分のハンパのせいだ。

こいつァ、どうやら、小鉄や左団次を恨むのは筋違いなようだぜ。

ここへきて、また誰かに守ってもらうのか？　そいつァ、違うンじゃねえのか。

くそう、ここで止まりたくねえ。

淡雪に江戸に帰れと言われたぐらいで、尻尾を巻いて江戸に逃げるわけにはいかねえ。

「小鉄、左団次、出かけてくるぜ」

そう言うと、又五郎は立ち上がった。

又五郎が向かったのは、宿場町を抜けた船着き場の手前にある布川屋の支度部屋だった。

女中に布川屋との面会を申し入れ、火鉢の前にどっかと座りこむ。

布川屋にしてみれば、しがない芸人なんぞに会う義理はない。

しかし、又五郎はどうしても布川屋に会いたかった。

一刻（二時間）の間、又五郎はそこで待たされた。

やがて、ふらりと、布川屋が部屋にやってきた。

相変わらず、上品な着物。しっかりと香を焚きしめた優雅な身なりである。

「――なんだ、しつけえな」

布川屋は言った。

「申し訳ございやせん。どうしても、お聞きしてえことがありやして」

「ふうむ。なんだ」

「今日、路上において春の淡雪に襲われ、命が惜しければ江戸に帰れと脅されました。手前が淡雪の謎かけを演じたことが許せねえ、川沿いの芸人どもはみんな仲間だと言われた次第でございます」

「ふうむ。それで？　てめえ、おいらに告げ口に来たのかい？」

「いえ。芸人同士の話は、芸人同士でケリをつける。それが定法だ。親分さんのお手を煩わせることじゃァない。そのことは弁えているつもりでございます」

「じゃぁ、なんで来た」

「教えてほしいンです」

又五郎は顔をあげた。

「いつか親分は、淡雪は江戸者だと言った。そして、それを言われるのを、淡雪は嫌がっている。元は武家だったという出自も隠している。そして焉馬の棟梁や南畝の旦那を知っているかのような口ぶり。なぜなんだ。そして、あの芸――見事だと思うが、淡雪が考えたンじゃねえって聞いたぜ。しかし淡雪はてめえの芸だという。どういうことだ」

「――――」

「親分に話す義理がねえことは承知でございやす。しかし、おいらも命がけで修業している。鹿野武左衛門以来途絶えた江戸の話芸。おいらが花を咲かさにゃァなりません。それにゃあ、おいら、まだまだ松戸で修業がしてえ。それだけじゃねえ、はっきりと、修業の目算を立ててえんだ」

「ふうむ」

「おいらが謎かけを止めりゃァいいのか。そんな簡単なことじゃァねえようだ。じゃあ、どうすりゃ淡雪はおいらの修業を認めてくれる？　嫌われてもかまわねえが、修業しただけで命を狙われたンじゃあ、割に合わねえ。おいらに、淡雪のことを教えてもらいてえ。なぜ、江戸者をあんなに嫌うのか、知っておきてえ」

又五郎は真剣だった。

布川屋はじっとその顔を見ていた。

どれぐらい黙っていただろうか。

ふうん、と大きく息を吸い、ぽんぽんと手を叩いて女中を呼び、火鉢に炭を入れるように、そして熱い酒を持ってくるようにと指示をした。

そして又五郎に向き合い、酒を待たずに話し始めた。

「花楽。てめえ、見たところ、二十歳そこそこ。嫁もいなけりゃぁ、正業もねえ。どうやら、まだまだ半端モノだな」

「もとよりその通りでございます」

「じゃァ、二十年前、田沼意次《たぬまおきつぐ》様の時代のことは知るまいな」

「人なみに、知ってございます」

「ふうむ。だがそいつァ、賄賂が流行って人倫が乱れた時代だとか、通りいっぺんの話じゃねえのかい？　しかしそんな話は、本当に渦中にいたモンにとっちゃァ、半端な与太に過ぎねえぜ」

「どういうことでございましょう」

「てめえのような若造が奉公に出たのは、せいぜい白河公がご老中になった十年前だろう。不景気が始まって、ご公儀もその差配に必死な頃だ。田沼時代ってのはな、その前の、とてつもなく景気のよかった時代のこった」

「はい」

「あの頃は、みな、若かった。俺も、淡雪も、小島芳太郎も——そして、立川焉馬もな」

「えっ」

又五郎は、絶句した。

「親分も、棟梁をご存じで」

「ふふ。そうさな、みな、あの頃の仲間だからな」

やがて、炭を持ってきた女中が、酒とアテを配る。

アテは、江戸川で獲れる鮒《ふな》を焼いて、身をそぎ、塩をかけまわしたものである。

香ばしい匂いが、部屋を満たした。

ツイッと酒を呑みながら、布川屋は続けた。

「今を遡ること二十と余年、田沼様のご支配の安永天明の時代、若かった俺たちは調子に乗っていた。夜な夜な不夜城の吉原に集って、飲めや歌えの大騒ぎ。うかれた仲間が、身分を超えて、次から次へと集まった。一晩で空ける酒は一斗や二斗じゃねえ。宴席で俺たちは、あらゆる遊びを考え出した。大食い大会。のどじまん。洒落本を出せば、売れに売れ、狂歌をうたえば江戸じゅうに広まった」

「はあ」

「俺たちは、遊び人だった。新しい遊びに飢えていた。そして次々に遊びを、流行を、世間に広めていった」

「はい」

「仲間のひとりの大田蜀山人《しょくさんじん》って男がいた」

「大田南畝の旦那のことですね」

五十がらみの、あの男の顔を思い出す。

人を食ったことばかりを言っている、遊び人——。

「奴は頭のいい男でな。古今東西の文献を読んで、芸能に関しちゃ、てえした知識を持っていた。百年前の江戸にいたという鹿野武左衛門。上方で花開いた露《つゆ》の五郎兵衛《ごろべえ》、浪速新内《なにわしんない》らをはじめイチビリと呼ばれる『頓作軽口』の芸人ども——そいつを江戸の粋で洗練させて、今の形を作ったのは、大田蜀山人とその仲間たちさ。今の江戸の『ハナシ』てえ奴は、吉原に集まった粋な遊び人どもの間で生まれたンだ」

　又五郎は、驚いた。

　そんな話は聞いたことがない。

「田沼様ご支配の安永天明は、あらゆる芸能が花開いた時代。それまで高嶺の花だった絵が、版画になって広まった。吉原にでも行かにゃあ聞けなかった三味線も、町内の未亡人が弾きはじめ、隠居が小唄を習い始めた。書肆《しょし》に行きゃあ黄表紙、赤表紙といった洒落本がつぎつぎ出てくる。それらは貸本になって、町娘が回し読みする。歌舞伎や大相撲のような興行には人が集まり、大道芸人が満ち溢れて。――楽しかったぜえ」

　布川屋はにたり、と笑った。

「その中で、淡雪、焉馬、芳太郎といった連中は『軽口剽軽』に夢中になった。十日にいちどは根津門前町にあった水茶屋に集まって、芸妓ども相手に、創作小噺を作って披露しては腕を磨いた。その仲間内での遊びとして流行ったのが、奥州伊達藩で生まれたってえ〈謎かけ〉さ」

「根津門前町――」

「そうさ。謎かけモンは、根津モンって言われたもンだ」

　布川屋は、そういって、襟もとを押さえて見せた。

「その中でも淡雪は、特に〈謎かけ〉が得意。そのころから顔役だった立川焉馬は、淡雪の〈謎かけ〉を耕書堂で本にして寄席を作り、一気に淡雪を売り出して人気者にしようと考えた」

　布川屋は、酒を呑む。

「しかし、そんなとき、田沼様が失脚した。浅間のお山が噴火して、地方で飢饉が起こり、景気が悪くなったんだ。一気に御威光が失せて、田沼様のご子息が御城内で殺された。田沼様は派閥争いに敗れ、御城を追い出されたのさ。——次に出てきたのは、不景気づらした白河公（松平定信）だ。あの青白い顔した学問好きの田舎大名は、貧乏が骨身にしみている。財政が厳しいってンで、極端な倹約で政道を取りまわし始めた」

鮒の掻き焼きを口に入れる。塩《しょ》っぱい滋味が、口中に広がった。

「白河公がとったのは、節約第一、遊興禁止。田沼公が新しいことや面白えことをガンガンやろうってえアクの強えご政道だったのに対し、白河公は、身分をきつく縛って、貧乏くさくコツコツと実入りを増やそうとしたんだ」

又五郎は必死で聞いている。

しかし、話が難しくなってきた。

要は、田沼様は景気が良くて、白河公が不景気ということなのか？

田沼が不マジメ、白河がマジメともいえる気がする。

「白河公の世になってからというもの、世の中すべて節約で、派手なことは御自粛ということになった。芸ごとにはすべて禁止のお達しが出た。身分をわきまえ、正業に精を出すべしと言うンで、遊興ごとに対しては、すさまじい統制が始まった」

「統制——」

のちの世に『寛政の改革』と呼ばれ、今に続く緊縮策である。

「今、江戸の町表で、女のハダカ絵は売ってねえだろう。田沼時代は流行ったもんさ。女のハダカも、惚れた腫れたの赤表紙も、不謹慎だってンで召し上げられて燃やされた。歌舞伎、大相撲、場末の芝居小屋に至るまで、興行ごとは控えなさいってンで、禁止の憂き目。吉原で踊り狂ってた連中は、次々お縄になった」

　ここで布川屋は、冷えた酒をチュッと飲む。

「まあ俺たち町人はマシだったがな」

「どういうことですか」

「武家は、腹斬りだった。大田南畝の上役で、ご公儀勘定組頭の土《つち》山《やま》宗《そう》次《じ》郎《ろう》てえ男がいたんだが、まず、こいつが切腹になった」

「せ、切腹！」

「町人どもはフザケるのをやめて、ひっこめばいい。だが、武家はお家の断絶や腹切りってのが定法だ。戯作の恋《こい》川《かわ》春《はる》町《まち》も屋敷で自裁さ。あいつは武家だったんだ」

「うう」

「吉原で浮かれて踊っていた連中、芸人のごときものは、みな、閉門――。大田蜀山人は筆を折って役人になった。立川焉馬は本名の中村英祝に戻って、まっとうな大工になった。絵描きの喜多川歌麿は下野の知り合いの家に逃げた。耕書堂は版木を差し出したうえ、身上を半分召し上げられた」

「――――」

「淡雪は、当時、青《あお》木《き》新《しん》左《ざ》エ《え》門《もん》てえ若いサムライだったが。主人の丹羽様が田沼派だったから、しっちゃかめっちゃかだった。土山宗次郎の次に腹を切らされるのは青木だってえ話になっちまった」

　すごい話だった。

「淡雪も若かったし、どちらかというと引っ込み思案で不器用な野郎だ。よせばいいのに、町人どもの楽しみを規制するのはいかがかと思いまする、などと正論を吐いては立場を悪くしていった。頑固で、自分が正しいと思ってやっていたことを、否定することができなかった。そうして、追い込まれていった」

又五郎は、酒も呑まずに、その話を聞いている。

「とうとう淡雪は、江戸を出奔することになった」

又五郎は、絶句した。

話が大きく、難しすぎて、隅々まで理解はできなかったが、それでも、淡雪の過去に起きたことが伝わって来た。

「あいつからすれば、今の江戸でお笑いの棟梁づらをしている焉馬の野郎など、吐き気がするほど嫌いだろう。公儀の勘定方に出世している大田もそうさ。お上に尻尾を巻いて頭をさげて、それまで信じてきた流儀を軽く捨て、そのくせ世を知った粋人づらをしてやがる」

ぐっと酒を呑む布川屋。

「江戸の『軽口剽軽』の本流は、今は江戸の府外で踏ん張っている芸人どもだ。あのとき、芸を捨てずに、芸を守って府外に逃れ信念を貫いた連中だ。淡雪は特にその思いが強い。強過ぎて、年を取るにつれて、ますます頑固になっちまった」

小さく咳をして、

「今は昔じゃねえ」

布川屋は言った。

「もう白河公もとっくに引き退かれた。焉馬が洒落噺の炎を絶やすまいと小さく続けてきた〈噺の会〉も、一時期よりも同人が増えて、お前のように昔を知らねえ若手も育っている。もう、二十年前とは何もかもが違う。すべてを忘れて、明日のために舵を切るべき時だ。だが、淡雪は今でも、二十年前のてめえを抱えて、頑固に同じ芸を続けているのさ。江戸への恨みを抱えながらな」

「恨み……」

「俺もみんなの仲間だが、幸か不幸か芸はできねえ。そして、奴より器用な商人だ。ご覧の通り世渡りが上手な男よ。だから淡雪よりは世間が見えている。淡雪もいい年だ。いい加減、頑なな考え方は捨てて、自在にやるのがいいと思う。昔のてめえの流儀を捨てて、楽しく、軽く、世間を泳ぐべきだと思う。俺に言わせりゃア、淡雪の芸は、あの頃と何も変わっちゃいねえ。それがいいところなンだが、キツイ言葉で言えば、上達もしていねえ。さみしいもんだぜ、昔、最高にキレてたダチが、古くなって錆《さ》びていくのを見るのは――」

布川屋はそう言うと、じっと黙った。

又五郎はその言葉の意味を考えていた。

布川屋は、淡雪を、どういう目で見ていたのか。

そして今、この目の前にいる自分のことを、どういう目で見ているのか。

「でもな」

布川屋は顔をあげた。

「そうは言っても、俺は、淡雪の味方だ。昔ながらの馴染みはよ、理屈じゃア、ねえ。正しいとか、正しくねえとかじゃねえんだ――」

「――」

「たとえお前が、新しくて正しくても、悪いが、浮世の義理により淡雪の味方をしなくちゃアならねえ。理不尽にも淡雪がお前を殺すといえば、それの味方をせざるを得ない。義理ってのはそういうこった」

その言葉を聞いて、又五郎は思わず膝を立てた。

「慌てるな――」

布川屋は静かな口調で言う。

「今、てめえをどうこうしようッてンじゃねえや」

それを聞いて、ほっと、腰をおろした。

「若いの。俺は今じゃあ、松戸の顔役。芸人どものいざこざは芸人どもが始末をつけさせるが道理ってもんだ。よほどのことでなきゃ表にゃァ出ねえよ。ただな、男ってえのはそういうもんだと言ってるだけだ。どんな奴にでも、過去があって、誰もがそれから逃れられずに生きている。この世は、正しい正しくないで出来てるわけじゃァねえんだぜ」

又五郎は布川屋の顔を見て、

「話してくれて、嬉しいぜ」

と言った。

布川屋は巨体をまるめ、手を火鉢にあぶる。

「なに。てめえが江戸の府内に堂々と『軽口剽軽』どもの居場所を作ってくれたらいい、そう思ってるのも本当だ」

「それだけで、充分だ」

又五郎は、そう言うと立ち上がった。

なんだろう。

この思いは。
心の奥底にともる、怒りのような、叫びたくなるような、この強い思いは。

【六】　江戸川　中川　舟で往復　めっけもの

それから又五郎は、座敷の仕事に出るとき、刀を持った左団次を傍から離さなくなった。

街角で怪しい男たちが、ふたりをにらみつけていることが、二度、三度とあった。

左団次はそのたびに、鯉口を切って又五郎を守った。

「すまねえな」

又五郎が言うと、左団次は、

「本望でござる——」

と、短く言うのみである。

淡雪に襲われても、布川屋からは過去の因縁を聞かされても、それでもなぜか又五郎は、この町を離れる気にならなかった。

「上等だぜ、この野郎。やってやろうじゃァねえか」

そう思っていた。

江戸っ子の意気地——それだけじゃァ、ない。

心の中に、何か、確信のようなものができたのだ。

（江戸の笑いの意気地が生き残っているこの川沿いで、今ひとつ踏ン張って、何かを摑み取ることができれば、きっとおいらは『ホンモノ』になることができる）

そして、又五郎と左団次は、今まで以上に周辺の町へ出張るようになった。

野田、流山は、醸造の町。

小岩、本一色は半農半商の町。

猫実、船橋は漁師町。

亀戸、市川は門前町。

ふたりは、新しい客を求めて毎日河岸《かし》を変えては夜の店にあがりこみ、町の風物を仕込んだハナシに持ち込む。

このころから又五郎は、意識的に〈謎かけ〉以外のハナシで、つかみを試すようになった。

「なかなか難しいな」

「そうでござろうか？　師匠はどんどん上手になっている。評判もいいと思いまするぞ」

左団次は言うが、又五郎の感触は違う。

場数を踏んで、客慣れもしていく。

しかし、それは慣れであって、上達ではなかった。

かつて、市川の法華経寺門前で〈謎かけ〉をしかけて、ウケまくって興奮し、どの座敷でも、ハナシの前に謎かけをかけるようになった。あれから半年は、座敷に出るたびに、ぐんぐん上達していく感じがあった。毎回新しい発見があったし、ちょっとした小噺にもどんどん創意が浮かんで磨きがかかっていく。いつもわくわくして面白かった。

しかし、今は違う。

あのときより稼いではいても、右肩あがりの実感がない。

淡雪に言われた〈てめえも芸人なら、てめえだけの工夫で、てめえだけの芸を、やりやがれ〉という言葉——どこか心の中にひっかかっている。

（まずいぜ）

自分への疑いが心の中で浮かんで、わくわくしないというのは問題だ。

どこか、歯車が嚙み合わなくなってきた。

そんな中でも、〈謎かけ〉はやはり、必ずウケる。

だから、頼ってしまう。

（このままではいけねえ）

又五郎は思っている。

そうこうしながらも、名前は川沿いに広がっていく。

最近あちこちで稼いでいる、風変わりなハナシカがいる。隣に、恐ろしげなサムライを従えた、背の高くて眉の太い元気な男。春の淡雪にも負けない謎かけと、江戸前の小噺で勝負する頓智の名人——面白いぜ——。

（そうじゃァ、ねえんだ）

いつ人気が落ちるかとひやひやしながら、寝る間を惜しんで修業と勉強を重ねていくうちに、冬が過ぎ、また春が来て、松戸、亀戸、市川の粋人の間では、淡雪と花楽のどちらが名人かという話題まで出るようになったのである。

（冗談じゃァねえ。まだおいら、淡雪の足元にも及ばねえぜ——）

そんなとき、小岩天神町の組合から五日ほど小岩の店に出てくれまいかという誘いがあった。

天神様の祭礼にあわせて、町に楽しげな芸人が欲しい、という話だった。

「いい機会だ――。今度の小岩の客前じゃァ、しっかり稽古したハナシを試して、今度こそ手応えをつかんでやる」

又五郎は、内心、期すものがあった。

小岩は市川の対岸にある町で、川沿いの小高い丘の麓に作られた物産の集積地だった。小さいながら、料亭や水茶屋、旅籠が立ちならぶ一角がある。そこが仕事場だった。

初日は、古い小噺と、地元の天神様を題材にしたハナシで、なんとか笑いを取った。

二日目は、客が最初から〈謎かけ〉目当てで、それで盛り上がってハナシはできなかった。

そして三日目。

一緒に座敷に出た芸妓の娘が明るい笑い上戸で、座が明るくなって大いにウケた。

ハナシも存分にできたし、客も大喜び。

おひねりも盛大に払われ、大繁盛だった。

このときのハナシは『しわい屋』で、あの下谷の寄席で痛い目にあった演目である。

思い切ってかけたが、はっきりいって、大ウケだった。

同じ演目でウケたのは、腕があがったからだろう。

話す間や、人物の演じ分け、ふるまいや表情など、すべてがうまく行った気がした。ずっと頭の中で考えていたことが、カチッとはまったような気もした。

（いいぞ――。こりゃぁ、一皮、剝けることができたのかもしれねぇ）

四日目。

又五郎はあえて〈謎かけ〉をやらず『武助馬』をかけた。

これも、大ウケである。

この日は、宴席にいた小者たちや下男たちが廊下で笑い転げた。

隣の座敷の酔客や、芸妓もなだれ込んできて、又五郎の洒落やハナシに耳をかたむける。サゲにかけては宴席がうねるように笑っていた。

この経験は、大きな自信となった。

（やった――）

又五郎は内心喜んだ。

（今回の小岩での仕事は手ごたえがある！）

そして最終日の五日目。

小岩の顔役だという延縄《はえなわ》の喜左衛門《きざえもん》という舟持ち大尽の宴席に出た。

喜左衛門は、その場をただの酒席にせず、床の前に高座を設けて又五郎を出迎えてくれた。

「今や、川沿いで大人気の山生亭花楽の出座よ。これぐらいなんでもねえや」

喜左衛門はでっぷりと太った腹をたたきながら、豪快に笑った。

「ありがてえこってす」

頭をさげる又五郎に、喜左衛門は、

「おいらは、〈謎かけ〉が大好きだ。聞けば花楽は、春の淡雪にも負けねえ〈謎かけ〉の上手。今夜も期待しているぜ」

などと言う。

居並ぶ客たちも、期待で顔がきらきら輝いている。

又五郎は、ここまでされて異をとなえるほどの野暮ではない。

明るく笑って頷いて見せる。

「ありがとうございまする。よろしゅうござんす、さて、お題をいただきましょうか！」

座が、わっと沸いた。

喜左衛門は鷹揚に杯を振りながら、

「おお、謎かけだ。みんな、お題を出せ！」

と酔眼で叫び、客男たちは、口々に、

「天神」

「バカ貝」

「風流に十六夜《いざよい》だ」

と叫ぶ。

又五郎は内心、おお、すごい盛り上がりだな、と圧倒されながらも、これも自分の修業のたまものかと悪い気もせず、

「うれしいですねえ！　では——バカ貝とかけまして、茶道の師匠と解きまする。どちらも、わ（び）さびが、効くでしょう」

などと、軽いつかみを言うだけで、どっとウケる。

「さすが頓智の玄人！」

又五郎が軽口を言うたびに、客はげらげらと笑い、芸妓も調子をくれて、三味をぺんぺん鳴らす。

だんだんと又五郎もノッてきて、なじみの軽口をどんどんと繰り出した。

「観音寺様の堂前に住む仁王様の、胴前がにおうようで」

「いいぞ、芸人」

「いいから、呑め、呑め」

「い、いえ、いただけませぬ」

「かてえこと言うなってんだよ、客がいいって言ってんだ、呑め呑め。そこの、お弟子さんも、呑め呑め」

「へ、へえ」

あんまり断ってもいけない。

廊下に控えていた左団次まで呼び入れ、しこたま呑まされる。

ふらふらになって、左団次とふたりで、謎かけをやりながら、えっさほいさと踊っているところまで覚えているが、そのあとはまったく記憶がない。

そして、翌朝。

置屋の控えの間で目覚める――。

「あれ？」

寝ぼけ眼に、起き上がると、ずいぶんと身が軽い。

なにがないんだろう？

二日酔いの頭で、必死に考えながら自分の体をまさぐり、気がついた。

胴巻きの中にあった、ここ数日の稼ぎが、ない。

「あ――ああ。左団次、起きろ。てえへんだ」

あれだけもらったおひねりも、すっからかんだ。

慌てて宿に人を出してもらい、延縄の喜左衛門に掛け合ってもらったが、

「なんの話だ？　知らねえなあ――」

と、すげない答えで追いかえされてきた。

「…………」

ふたりは顔を、見合わせた。

言うまでもない。

だまされたのだ。

夕方、ごおん、と、どこかの寺の鐘が鳴って、松戸へ帰る舟の出発の時間が近づいた。

場末の、水路の音が聞こえる小さな部屋で、又五郎と左団次は顔を見合わせて、どこまでも情けなかった。

「がっかりだ」

又五郎は、言った。

「てめえが、しっかりしてねえからこういうことになる。あいつら最初から、五日目を狙っていやがった。松戸に帰る前でいちばん金があるからな。おかしい話さ。あんなにウケるなんて、妙だと思ったんだ」

左団次は、達観した様子で言った。

「お気になさらず――。芸人をしておれば、こんなこともあります」

「いや、おいらも、甘《あめ》えなあ」

又五郎は、下を向いた。

よろよろと帰りの上り舟に乗って、つくづく、又五郎は言った。

「左団次――。今度ばかりは、てめえのバカさ加減に愛想がつきたぜ」

「師匠」

「客を笑わせているのか、それとも笑われているのか。騙しているのか、騙されているのか。自信に根が生えてねえからわからねえ。ここに嵌《は》まったら、おしまいだよなあ――。それもこれも、てめえがハナから創り上げたもんを持ってないからこうなるんだ。結局、謎かけに頼っちまう。求められれば断る自信も、ない」

又五郎の頭の上を、どんよりと鼠色《ねずみいろ》の雲が、足早に流れていく。

左団次は、大刀を抱くように抱えたまま言った。

「師匠はもう、川沿いで人気の芸人でござる」

「そりゃァ、客前に出た場数だけだよ。淡雪よりは声もでかいし、若いから馬力もある。だが、それだけじゃァ、だめなんだ。自分がこれだってえ何かがなけりゃぁ、きっとまた同じ目にあうぜ」

舟は、ちょこまかと川沿いの湊に寄りながら、川を上っていく。

「ああ、やっぱり、誰かの芸の真似をしていたんじゃあ、ダメだなあ。いつか江戸に帰るとき、誰かの真似じゃァ、笑われる。自分だけの、看板が必要なんだ」

しみじみと、又五郎は言った。

やがて舟は、松戸の湊に近づいた。

ああ、なつかしい。

今や松戸は、又五郎にとって、大事な居場所になっていた。

舟から降りたそのときだ。

郵便はがき

料金受取人払郵便

小石川局承認

1025

差出有効期間
2021年12月
31日まで

1 1 2-8 7 3 1

〈受取人〉

東京都文京区
音羽二ー一二ー二一

講談社
文芸第二出版部 行

書名をお書きください。

この本の感想、著者へのメッセージをご自由にご記入ください。

おすまいの都道府県

性別 男 女

年齢 10代 20代 30代 40代 50代 60代 70代 80代〜

頂戴したご意見・ご感想を、小社ホームページ・新聞宣伝・書籍帯・販促物などに使用させていただいてもよろしいでしょうか。 はい (承諾します) いいえ (承諾しません)

TY 000044-1910

ご購読ありがとうございます。
今後の出版企画の参考にさせていただくため、
アンケートへのご協力のほど、よろしくお願いいたします。

■ **Q1** この本をどこでお知りになりましたか。

1 書店で本をみて

2 新聞、雑誌、フリーペーパー 〔誌名・紙名 〕

3 テレビ、ラジオ 〔番組名 〕

4 ネット書店 〔書店名 〕

5 Webサイト 〔サイト名 〕

6 携帯サイト 〔サイト名 〕

7 メールマガジン　8 人にすすめられて　9 講談社のサイト

10 その他 〔 〕

■ **Q2** 購入された動機を教えてください。〔複数可〕

1 著者が好き　2 気になるタイトル　3 装丁が好き

4 気になるテーマ　5 読んで面白そうだった　6 話題になっていた

7 好きなジャンルだから

8 その他 〔 〕

■ **Q3** 好きな作家を教えてください。〔複数可〕

〔 〕

■ **Q4** 今後どんなテーマの小説を読んでみたいですか。

〔 〕

住所

氏名　電話番号

ご記入いただいた個人情報は、この企画の目的以外には使用いたしません。

ばらばらと、覆面をかぶった男どもが又五郎と左団次を取り囲む。

「何者！」

すぐに左団次が抜刀して誰何《すいか》したが、知れたことだった。

又五郎の命を狙おうって奴は、川沿いにひとりしかいない。

どうやら奥にいる、小柄な覆面の男が春の淡雪だろう。

「てめえ、花楽。性懲りもなく、淡雪が看板の謎かけで稼ぎやがって。小岩でもさんざんやったらしいな。聞いているんだぞ。ふざけやがって！」

男たちはぎらぎらと刀を光らせて迫ってくる。

又五郎はため息をついて、

「淡雪の。この刀とかけて、なんと解く！」

と大声で声をかけた。

すると淡雪らしき男が、打って響くように、

「下谷仲之町の料亭、井筒の折り詰め、秋の新米ときたもんだ」

と言った。

「その心は」

「どっちも、よく研いであります――」

「ははは」

又五郎と、左団次は顔を見合わせた。

「てえしたもんだぜ。やっぱり〈謎かけ〉はあんたのもんだ」

「そんな簡単な話じゃねえや」

「いや、簡単な話にしてもらう。やっぱりおいら、あんたにゃ敵《かな》わねえ。安永天明の頃に江戸を席巻したあんたの笑いこそ、江戸の芸の本流だからな」

又五郎は全身から力をぬいて、街道筋を歩き始めた。

「おいらはせいぜい、修業を続けさせてもらう。謎かけよりも新しい芸で、江戸に旗を立てにゃァならねえ」

気組みに押されて、抜刀の男どもが左右に分かれる。

「淡雪。あんたの〈謎かけ〉が、江戸は根津権現の岡場所で大流行りだったのは、二十年も前。江戸で旗を立てるにゃァ、二十年前と同じものを持って帰ったんンじゃあ、笑われる」

又五郎はそう言って、松戸の宿場町をまっすぐに歩いて行った。


初夏の晴れた日。

又五郎は、小鉄と左団次とともに、松戸の湊で舟を待っていた。

この半年、又五郎の山生亭花楽の名前は、流山、小岩、市川、亀戸といった町で、驚くほど広まっていた。

「師匠——自覚なされ。大丈夫です」

左団次は言ったが、又五郎の心の中の屈託は消えない。

話芸は、焉馬棟梁の〈噺の会〉で習ったもの。〈謎かけ〉は、春の淡雪がひろめたものが、これまた上手になっただけ。とどのつまりは場数を踏んだだけだ——そんな気持ちが、心の奥底からぬぐえなかった。

「こういうときは」

久々に越ケ谷にでも行って、小島芳太郎親分と、芸人の兄さん姐さんがたの、顔でも見てえや。

そう思ったのだ。

湊で舟を待っていると、そこに、

「おい、花楽――」

と、声をかけてきたのは、布川屋太兵衛だった。

「繁盛だな」

「ああ、親分」

又五郎は立ちあがって挨拶しようとする。

「いいよ、そのままで」

布川屋は、気さくに荷箱に腰を下ろし、

「いい天気だな」

などと目を細めた。

広い江戸川の水面の上に、少し薄い青空が広がっている。

飛びまわるトンビの影が、平らな川面に映っていた。

「お前、淡雪に何を言ったンだ？」

「何をって――」

「淡雪が俺ンところに来てな、暗い顔でこう言うんだ。おいらは二十年前と変わっていないんだろうか。上達してねえんだろうか、ってな」

「ふうむ」

「あの若いのに、二十年前の芸を江戸に持って行ったところで恥をかくだけだって言われたそうな。今自分が江戸に戻ったら、笑いものになるのだろうかとね」

「そんなひでえことは、言ったつもりはねえけどな」

又五郎は困った顔をした。

「おいらは、掛け値なしで淡雪の芸をすげえと思っています。一目見て頭ぶったたかれたみてぇに驚えたのは、焉馬棟梁以来ですからね。川沿いで人気者になれたのも、その真似をしたから。言いたかったのは、おいらみてえな若造が同じことをやってもダメだってことですよ」

「ふうむ」

布川屋はあごをなでた。

「おいらが松戸から戻って謎かけをやったところで、二十年前に江戸で流行った根津モンの真似だとしか思われねえでしょう」

「なるほどな」

「おいらだけの、売りが、必要なんです」

又五郎は口をとがらせる。そして、からりと笑って、

「しかし偉そうに言っても、どうにも創意は浮かばねえ。〈謎かけ〉以上のものが思い浮かばねえ。おいらの本芸は話芸。焉馬棟梁に教わった百年前の小噺。それだけじゃァ、客に認めてもらえねえとなると、いってえどうすりゃァいいンだか」

大きく伸びをして、

「話芸でありながら、客をあっと驚かせる新しい工夫、何か思い浮かばねえモンかなァ」

そんな又五郎を見つめながら、布川屋は、何かを納得したように何度も頷いた。

「なんですかい？」

「いや。てえしたもんだと思ってな」

「どういうことで？」

「お前が、越ケ谷の小島の野郎の手紙を持ってこの町に現れたとき、到底長くは保つめえと思ったぜ。それがどうだ。今じゃァ、春の淡雪と双璧と言われるようになりやがった」

「必死なところです。それに、まだ淡雪を抜いたわけじゃねえ」

「試してみねえか」

「なにを？」

「お前の芸、淡雪より上か下か」

「な？」

「そろそろそういう時期だろう」

「そんな」

「おっと、逃げるんじゃねえぜ。これも修業だろう？」

布川屋はいたずらっぽく又五郎の目を覗き込んだ。

「半月後、大きな席がある――越ケ谷からはすぐ戻るンだろ？」

「三日ほどのつもりです」

「ちょうどいい。戻ってきたら相談させてくれ」

「ど、どんな席なんですかい？」

又五郎は前のめりに聞いた。

「水戸《みと》中納言《ちゅうなごん》様のご家老、山野辺彦左衛門《やまのべひこざえもん》様のお席さ」

「山野辺——彦左衛門……」

「お前みたいなよそ者が知らないのも道理だ。しかしこの水戸道中じゃァ、泣く子も黙る御威光さ」

「はあ」

「天下の大名で、水戸の中納言様だけが、参勤をしなくていいと決められている。その分、水戸の御家中は江戸と水戸の間を頻繁に行ったり来たりしているンだ。この水戸道中は、中納言様の御家中のためにあるといってもいい。その筆頭家老の山野辺様が国元に帰る時にゃぁ、大名なみに接待する。それが決まりだ」

　布川屋はそう言って、手にしていた竹筒の水を飲む。

「お宿は本陣の海老屋。川のむこうの金町関所の番役、矢島勘四郎《やじまかんしろう》様が松戸まで来て、酒と女で接待する。その時、川沿いの芸人でも呼び声の高いものを相伴《しょうばん》させてご機嫌を伺う」

「それが？」

「半月後にあるンだ」

「へえ」

「女は、亀戸の菖蒲太夫《あやめだゆう》を呼ぶ。まあ吉原の花魁《おいらん》にゃァかなうまいが、川筋じゃあ一番だからな。そして芸人は——お前、やってみねえか」

「え？」

「去年までは馴染みの太鼓持ちをつかっていたンだが、国に帰っちまってな。今年はお前と淡雪じゃあどうかと思ってな」

「え、えええ！」

又五郎は悲鳴をあげた。

「そんな席に、おいらを？　しかも、淡雪と？」

「俺も考えたんだ」

「なにを」

「てめえと淡雪とのふたりを御前にかけて、白黒つけるのさ」

「そんなことできるんですかい？」

「できるさ」

布川屋は、どうだ、というふうに鼻をぴくぴくさせた。

「山野辺様はそういうおかただ」

と胸を張る。

「ふつう陪臣は、将軍お目見得以下。だが山野辺様は違う。天下の水戸は徳川家。副将軍のご家老だ。お目見得格は当然で大名並みの扱いだ。幕閣でも重みがちがわあ」

「それが？」

「山野辺様は、安永の頃は田沼派でいらっしゃった。今でも白河公以来の緊縮策には反対で、どんどん新しいモンを奨励して、倹約節約をやめようとのお立場。今でも江戸じゃあ、堂々と歌舞伎に通い、吉原の花魁をお呼びになる」

「凄いな」

「江戸川を渡るときも、堅苦しい関所内を嫌い、金町ではなく松戸に泊まる。川を渡った松戸において、町奉行の小田切土佐へ当てつけるように、芸妓をあげ、鳴り物を響かせて、芸を楽しまれる。そういうお人だ」

布川屋は嬉しそうだった。

「山野辺様は、幕政から白河派を粛清して、水戸公の御立場をあげていくことをお望みだ。寛政の改革をひっくり返して田沼時代の殖産政策の復活を企図されている——」

そこへ、船頭が、

「花楽殿。越ケ谷行きの荷舟が出るぞ」

と言いに来た。

「おっと」

布川屋は立ち上がる。

「まあ、そういうこった。三日で帰るって言ったな。三日後に相談だ。今、俺の縄張りの松戸、小岩、流山の町で、一番人気が春の淡雪。二番人気が山生亭花楽だ。御前でふたりが張り合うなんざ、粋じゃァねえか」

「勝手に決めねえでおくんなせえ」

「江戸に旗を立てるンだろう？　逃げたらダメだぜ。こんなところでビビっている場合じゃァねえンだろう？」

舟に乗る又五郎に、布川屋はそんな声をかけた。


舟が川を上っていく。

又五郎は腕を組んで、布川屋が言ったことを考えていた。

　江戸を出て二年近く。松戸を根城にして一年半が過ぎた。

　ずいぶんと修業して、それなりに腕をあげてきたとは思う。しかし、まだ不安が勝っている。淡雪に勝てるとは思わない。なにしろ、淡雪には〈謎かけ〉という看板がある――。

　そんな又五郎の横に、しっかりと小鉄と左団次が座っていた。

「ふたりとも、今回の越ケ谷は、ついてこなくていいんだぜ」

　又五郎が声をかけると、小鉄は大きな荷物をなでながら、言う。

「なんだよ、連れて行ってくれよ。おいらだって、小島の親分に挨拶してえや。松戸で創った〈怪談〉をきいてもらうンだ」

「拙者は師匠の用心棒でござる」

　左団次も当然という顔である。

　やがて、のぼり舟はゆっくりと、葦の間の水路をぬけて、中川から元荒川と進み、なつかしい越ケ谷の湊についた。

　相変わらず、砂ぼこりが舞い、馬蹄が響く。

　奥州往還にかかる橋のたもとに大道芸人。

　どこから湧き出たのかと思うほどに、ひとが出ている。

　橋の南――秤屋の裏にある小屋を訪ねる。

　奥から小島芳太郎親分が出てきて、

「おお、よく来たなア！」

　と、嬉しそうに肩を叩いた。

「聞いたぜ、繁盛だってなあ！」

「挨拶が遅れて、申し訳ございやせん」

「そンなことは、どうでもいいや。それより、てえしたもんじゃあねえか。わずか一年やそこらで名を売るたあな」

小島は屈託なく笑った。

「何日いられるンだ？」

「松戸の座敷に呼ばれていまして——あさってには帰ろうと思ってまさあ」

「なんだよ。せっかちな話だな。まあ、いいさ。今日明日はせいぜい楽しんでいってくれ」

もう夕方で、秤屋には酔客が集まり始めている。

久々に見る秤屋の高座は相変わらずだ。

煙巻きの寅太。

傘を持って踊る唐傘小僧。

全身桃色の服を着て奇声を発しながら殴り合う夫婦。

薄暗い小屋に所狭しと入り込んだ、水夫や馬喰といった荒くれ男たちは、酒を呑みながらそれらの芸を見て、大笑いをしている。

又五郎はそれを見ながら、

「やっぱりここの芸人がたは、本当に凄い」

とつぶやいた。

そりゃぁ二年前、初めて越ケ谷に着いて、この荒々しい芸を見たときも常ならぬ人たちだとは思った。だが、正直なところ、ついていくのに必死で、よくわかっていなかった。

今、しっかりと川下で修業を積んで改めて見るとよくわかる。みんな酔客たちをしっかりと自分の世界に惹きこんでいた。客席との呼吸が、ぴたりと合っているのだ。

思えば、最初に枰屋に出たとき、又五郎がいくら大声で、

「ご機嫌を伺いいたします！」

と叫んでも、誰もこちらを向かなかったものだ。

しかしそのあと登壇した煙巻きの寅太が声をかけると、一斉に酔客たちが高座のほうを向いた。

声の大きさではない。

修業した低い質の声と、そして間である。

（それが難しいンだよな――）

一年前の自分が、いかにダメだったかがよくわかった。

今の自分なら、どうやってこの荒くれどもを手なずけるだろう？

又五郎は酒を呑みつつ、じっと手元を見つめ、考え込んでいる。

そんな席に、小島親分が立ちより、声をかけた。

「どうでい？　着いたばかりだが、誰か、高座にあがらねえかい？」

三人は顔を見合わせた。

又五郎が、よし、と立ち上がろうとしたとき、小鉄が制するように言った。

「親分。おいら、松戸で新しい創意をたちあげましてございます。まだ松戸じゃァ、怖くて試してないンですが、今夜ここで、試してよろしいですか」

「いいともさ。やってくれ」

親分に鷹揚に言われ、小鉄は立ち上がり、

「左団次、手伝ってくれ——書き割りがあるんだ」

と言った。

「承知」

ふたりは楽屋へ去る。

すると、席に一人になった又五郎に、

「おや、珍しい！」

と声をかけた年増の女がいた。

振り返ると、たすき掛けをした大臼のお蔦が、お盆に酒を載せ、驚きに目を真ん丸にして立っていた。出番がないのか給仕をしている。

お蔦は、又五郎が越ケ谷で苦労していた時、いろいろ親身になってくれた年増の芸人である。話芸しかできなくて苦しんでいた又五郎に、鶏の鳴き声と、牛と馬の喧嘩という芸を教えてくれた。

お蔦は、客に酒を出すとすぐに戻ってきて、小鉄が去ったあとの席にどっかと座った。

「嬉しいねえ！　久しぶりじゃあないか！」

と明るく笑う。

「ああ、久しぶり」

又五郎も嬉しかった。

「聞いたよ。繁盛だってね。今日はどうしたの？」

「いや——久しぶりに、小島芳太郎親分のツラを見たくなってね」

「少しやせたねえ。大丈夫？　ちゃんと食べているのかい」

そんな母親のようなことを言う。

そんなに頼りないだろうか？

確かに越ケ谷の頃は、不安ばかりだったが。

見ると高座では、煙巻きの寅太が、額に通い徳利を載せて踊っている。

それを横目で見ながら、

「お蔦姐《ねえ》さんも、繁盛かい？」

と聞くと、大臼のお蔦は顔をゆがめて、

「それが、繁盛でもなくってね」

と言った。

「岩槻《いわつき》で芸妓をやっていたっていう若い女が越ケ谷に出てきてね、さんざん場を荒らしやがってさ。たいして見栄えもしない水芸やら神楽《かぐら》なんだけど、客はなんといっても若い女が好きさ――」

苦々し気に顔をしかめる。

周囲から、わっと歓声があがった。

煙巻きの寅太がオチの大技を繰り出したのだ。口の中で煙草を焚いて、耳から煙を吹き出すという芸である。客席からぽんぽんとおひねりが飛んでいた。

しばらくさわさわと場が騒いで、次の芸人を待つ間が生まれる。

やがて、場が落ち着くと、舞台袖から小者が出てきて、高座のすみに置いてあった行灯を、ふっ、ふっ、と消しはじめた。

「なんだなんだ？」

「暗いぞー」

酔客たちが、騒ぎ始める。

すると、ひゅううう、ひゅうう、と不気味なカン高い笛の音が聞こえ、手に小さな燭台を持った仮面の男がふらり、と現れた。

「――関八州流れ狂う大河あり。渦巻く水の奥底に、身を投げし女どもの魍魎《もうりょう》あり。地獄の死者に代りて、我、参上したり」

驚いた。

小鉄である。

怪談をやっているのは知っていたが、いつの間にこんな工夫をし始めたというのだろう。そういえば、自分はハナシが下手だから、小道具やらなにやら工夫をするんだ、と言っていたっけ。

ふと。

小鉄の背後に背の高い、虚無僧《こむそう》がいる。

左団次である。

暗闇に突っ立って、
ち、ちりーん。

と、鈴を鳴らす。

その不気味な雰囲気に、秤屋の客はみな、しん、と静まり返った。

お面の小鉄は高座に座り、おもむろに面を取ると、よく通る声でこう言った。

「松戸の色町に売られたるわずか九つの少女、十二の年には客を取らされ、十三の年には肺を病み、十四の年には子を流し、平潟の小屋に隔れて捨てられぬ。少女に腹違いの兄あり。売られし妹、病を得たりと聞き、その身を取り戻さんと松戸が笄屋《こうがいや》に乗り込み探しぬ。姿なきを知るや火をつけ、追われ死す。それを知りたる娘、大雨の夜に笄屋の中庭に入り込み、井戸に身を投げたり。この日より、笄屋の縁者、くりかえし病にふせたり。夜な夜な月夜の夜の丑三《うしみ》つ時《どき》に、娘の声で、しくしくと泣く声あり」

元から小鉄、声はよく通る。

今はその声が、今日は不思議と冷たく聞こえた。

「あっ」

客席から声があがる。

暗闇の奥に、火の玉が、ふわり、ふわりと浮かんでいる。

又五郎は目を凝らした。

舞台袖に戻った左団次が、釣り竿で行灯を吊り下げていた。

(ふうむ――)

感心してしまった。

小鉄の語り口は、決して流暢ではない。

しかし、小道具を使ったり、メリハリをつけることで、酔客たちをすっかり引き付けている。

「おりしも笄屋の主人、左衛門が孫娘のおりん、矢切村の庄屋が妻にはいりしが、子どもを身ごもりぬ。笄屋、難を怖れ、おりんを店に近づけず。しかしおりん、夜な夜な夢に見るには、平潟の離れ小屋から、ずぶ濡れの姿で花街の笄屋の中庭の井戸へと歩いて向かう夢。やがて産み月は近づきたり。悪夢も続きたり。それを聞いた左衛門、松戸宿が宝光院の住職に泣きつき候。住職は厳しき修行を修めた修験者につき、事情を聞いて満月だが雨の降る夜を選んで井戸脇に祈禱の棚を設け、一心不乱に霊験《れいげん》あらたかな経を唱えたり――」

小鉄は低い声で、一本調子で話していく。

なるほど、これなら、立川流の洒落噺のように、さまざまな登場人物を演じ分けなくてもいい。難しい演技をしなくてもいいわけだ。

うまく考えたものだ。

この間、小鉄に指示されたのであろう左団次は、大きな団扇《うちわ》で、舞台袖から扇いで、服をかぜにそよがせたり、がたり、がたり、と板を鳴らしたり。

やがて舞台袖から、ぽくぽくぽくと、木魚のような音が聞こえてきた。

よく聞くと、それは木魚ではない。

なにか板のようなものを叩いているのだろう。

「やがて井戸の中より、うめき声あり。笄屋に恨みありしとの女の苦しむ声。自ら子を産むことを許されず、みず銀《がね》を呑まされ片輪になりぬ。ああ恨めしや。そのとき、おりん、産気づくとの報あり。雨嵐、ますます激しくなりぬ。住職、必死に祈禱これあり。おぬしの恨み、深く、深く、同情いたす。笄屋、心よりの後悔あり。今はただ安らかに成仏されよ。御仏の哀れみ、山より高く海より深し。ただ、ただ安らかに成仏されよ――南無阿弥陀仏！」

木魚の音は、どんどん速くなり、やがて、ぱっ、と止まった。

しん、となった高座で、小鉄は言った。

「――あな不思議なるかな。住職の祈禱が効いたのか、雨はあがり、嵐は止まり、やがて星が瞬く。そのとき、矢切村にて娘、無事に生まれぬ。よかったと笄屋、胸をなでおろしたり。しかし、ああ、不思議なるかな、笄屋、産婆より赤子を受け取るや、赤子、目をかっと開け――」

　大声で、

「笄屋、われを売ることなかれ！」

　きゃあああ！

　うわあああ。

　秤屋の客席が悲鳴に満たされた。

　舞台上の小鉄、ぱっと頭をさげ、下がっていく。

「いいぞ！」

「面白い」

　客席からは拍手が舞い起こる。

　見ていた又五郎は、驚いてしまった。

　確かに口調はどこかおぼつかなかったが、まったく問題ない。

　なにより、小鉄の芸は、彼が一から創った芸であった。

　講談でもない。軽口剽軽でもない。立川流のハナシでもない。

　世界でひとつだけの、小鉄の芸だった。

（な、なんたること！）

　上手だとか下手だとかの問題ではない。小鉄が掛け値なしの、自分だけの芸を作り上げていることに度肝を抜かれた。

　一緒に見ていたお蔦は無邪気に聞く。

「これはなんて言うンだい？　洒落噺じゃぁないよね」

「いや」

「でも、なんだかお面をかぶったり、火をつけたり、風をあおったり、なんか芝居みたいだったよ」

「あ、ああ――でも」

理屈を言いかけて、又五郎は言葉を探した。

（理屈を言うんじゃねえ！　格好つけるな！　てめえの胸の裡《うち》に問うンだ！）

又五郎は、頭をあげ、目の前にいる温顔のお蔦に、吐き出すように語り始めた。

「お蔦姐、聞いてくれ」

越ケ谷から松戸へ移っても、最初はうまくいかなかったこと。

やがて、春の淡雪という芸人を知ったこと。

そいつの芸に感激して、その芸をなぞって真似をしたこと。

それが座敷でウケて、人気が出たこと。

すると急に、昔からやっていた話芸もウケるようになったこと。

若くて勢いがある分だけ、淡雪よりも面白いともてはやされるが、所詮は真似に過ぎず、実力ではかなわないと思っていること。

そして、もう、淡雪の芸の真似はやるべきじゃァないと思っていること。

小岩での出来事。

布川屋にもちかけられた大きな席のこと。

松戸の宿である囃子屋や、江戸で待つ於奈津の今、そのカネで自分にくっついてくる小鉄と左団次のことも、包み隠さず話をした。

すると、大臼のお蔦は、感心したように言った。

「又五郎さん、頑張ったねえ」

思わずその言葉が、沁みる感じがした。

なんでもないひとことだ。

だが、今の又五郎には、胸の奥につかえていた重い石が、ばんと砕けたような、軽い衝撃があった。ああ、少しはおいら頑張ったのかな――そう思った。涙が出そうになる。

お蔦は言った。

「でもね、もう少し、肩の力を抜いたほうがいいよ」

「肩の？」

「そして、自分って奴を、もう少し、信じてみたほうがいい。又五郎さんは、又五郎さんなんだから」

「おいらは、おいら――」

「難しく考えないで、例えば明日は思いついた即席だけで勝負してみたらどうだい？　どうせ自分は自分なんだし、明日なんざ、なるようになるのさ。もともと遊びじゃないか。お笑いなんざ道楽さ。そんなもんだろ？」

「遊び――。もっと、気楽に……明日なんざ、なるようになる」

又五郎は、そっと胸に手をあてて、目を閉じて自分の胸の音を聞いた。

翌日の、頃合いの良い、宵の口。

又五郎は、秤屋の舞台にあがった。

なんだか、今日は、妙に気分がよかった。

昨日お蔦と話したせいだろうか。

それとも小鉄の新しい芸を、見たせいだろうか。

思い返せば、この前の小岩は、結果を出そうと必死だった。

その前の、市川や本一色も、あれを試そう、これを試そうと気負っていた。

いつも、いっぱいいっぱいに力が入っていたのだ。

しかし今夜は、どうでもいいような気がした。

勝手知ったる越ケ谷秤屋。二年前、江戸を飛び出した半端な自分を受け入れてくれた、故郷のような場所だ。

小屋の様子は、一年半前と変わらない。

客席は、相変わらず、酔っぱらいばかり。

舞台袖には、珍芸、奇芸の先輩がた。

彼らはみんな、スベりまくってオロオロしていた、一年半前の又五郎を知っている。今さら格好つける必要もあるまい。

又五郎は、自ら座布団をもって舞台にあがり、

「さて手前、サンショは小粒でもぴりりと辛い、山生亭花楽でございます！」

と、元気に言った。

すかさず酔客から声がかかる。

「ハナシなんざ、いらねえぞ！」

「なんか唄えー」

又五郎、余裕しゃくしゃくで笑い、

「残念ながら、手前の唄は、お聞かせできるような器量じゃァございません」

と、いなしておいて。

「本日は、お集まりのお客様から、お題をいただきとうございます。すらすらと解いてご覧に入れます」

と、言った。

すると手前の酔客が言った。

「おっ。知っているぜ。〈謎かけ〉だろう」

「へえ、そのとおりでございます。ですが、川沿いには、春の淡雪という謎かけの名人がいましてね」

「知ってらあ」

「その真似をしてもしかたありません。手前、ハナシカでして、どうでございましょう、皆様からいただいたお題、謎かけではなくハナシで解いてごらんに入れます」

又五郎はなんの気負いもなく、スッと言った。

つまり、客席から題をもらって、それにちなんだハナシをする。

なんのことはない芸である。

いままで、工夫のないことじゃあ到底春の淡雪には勝てないという不安が先だって、こんなお題の取りかたはしなかった。

だが、今夜は、そんなことはどうでもいいのだ。

楽しくやりたい。

「ほう。おもしれえ」

酔客は言った。

「そうさなあ」

赤ら顔で顔を見合わせて、言った。

「じゃァ、干支《えと》でどうだ？」

「へえ、干支——整いましてございます」

又五郎は慣れた風で、こんなふうにつるつる語り始める。

「正月のことでございます。ある店の頓智の利きたる小僧さん、ご主人様に年始に参りました」

「さてさて、ご主人様。縁起のことにて暦の十二支にてお祝い申し上げます——。さて今朝ほどに家を出まして、芝牛町《しばうしまち》から虎《とら》ノ門《もん》の屋敷にまいり、ご嘉礼にて兎のお吸い物が出ましてご酒下されがございます。さてその勢いで、汐留《しおどめ》からふたり船頭を立てまして、辰巳の遊里に参りましたところ、芸者の馬助が出てまいり、騒ぎに騒いでもう未の刻となりまして、すぐに猿《さる》屋《や》町《ちょう》にまいりまして鳥越《とりごえ》に寄ったところが、亭主がうちにいぬ（戌）、と申しますので、そんならいい（亥）、と申しまして、こちらに参りました。また過日あらためてまいります——」

「これを聞いたご亭主、うむ、見事な口上じゃが、まだ十一。ひとつたりないようだが」

「ちょうどよろしゅうございます、今、いただきましたお年玉がねずみ半切り——」

ねずみ半切りとは、ご祝儀袋の紙を指す。

そこに入ったお年賀がお年玉、という意味だ。

このネタは、昔、下谷のお笑い講で、天狗連で酒を呑みながら考えたものである。新しい工夫は何もない。だが、気分がよかった。

ははは。

うまいぞー。

酒席から声がかかる。

「じゃア、次は、そうさなあ、煙管でどうだ」

「へえ。整いましてございます」

又五郎はまた話し始めた。

「江戸は墨田の大川に浮かぶ乗り合いの渡し舟。舳先にひとりの武家が乗っていましてございます。お武家、ぷかりと煙草を吸って、舟のふちで、とんと煙管を叩いた。するとからりと雁首が取れて、ぽちゃりと水の中へ落ちました」

「こ、これはしまった。父君より譲り受けし大事なる雁首を水中へ落としてしまった。いかにせん、とお武家は驚く。それを見ていた、川向こうの関屋の百姓のオヤジ、お武家さん、おいらに任せな、と籠に持っていた鶏を、ぱっと川面に放す。鶏、やがて川面を見つめ――」

「と、と、とっかえべえ～（こけこっこう）」

「とっかえべえ～（こけこっこう）」

とっかえべえとは、このころ市中に多くいた、金属製品の回収業者である。

町中を、歩き回って金物を集める。

煙管の吸い口である雁首も、紙や野菜と交換してくれたものだ。

又五郎の、おどけた仕草に、客席は軽くウケた。

これも昔の〈噺の会〉で出ていた戯れ話。

たいしたひねりもない。

しかし、今夜の又五郎はこだわらない。

(そういえば、越ケ谷に来た頃は、鶏の鳴きまねばかりをやっていたっけ。なつかしいなあ)

いいぞ、いいぞ、と客が笑う。

するとその時、酔っ払いが、あちらこちらから一気に声をかけた。

「越ケ谷」

「恵比寿様」

「美人」

同時に言われて、ありゃ、どうしようと思った時、客はお互いに顔を見あわせて、どっと笑った。

「おいおい」

「三人が同時に言っちゃァ、お兄さんも困るよ。なあ」

「そうだよなあ」

高座の又五郎は、ニコニコ顔で頭をかきながらつるりと軽口を言う。

「いえいえ。お軽いものでございます。

　初えびす　京の美人の　越せる生垣

などと申しまして、昔から祭礼の美人てえのは、たまらないもんですな。男衆はもう、生垣なんざあ乗り越えてむしゃぶりつくってなもんで――」

又五郎にしてみれば、あまり上手な川柳でもない。

それらしく語っているだけで、えびす祭りは京の有名な節句だし、越ケ谷もうまく織り込めてない、よく考えれば、なにもかも噛み合っていないない川柳だ。

しかし、思わず、客席は、沸いた。

「おお、さすがに頓智がきくな」

「とっさに三題入れるたァ、粋だぜ」

「いいぞ！」

その反応に又五郎は驚いた。

高座で、へえ、ありがとうございます、と頭をさげながら、あれっと思った。

（これは）

客に愛想を振りまきながら、腹の中で、思う。

（ちょっと、面白いのではないか？）

自分ではわからないことを、客が教えてくれた。

（肩の力を抜いて、さらりと三題まとめる——これには驚きがある？）

〈謎とき〉はお題がひとつ。それより、二つ、三つのお題をハナシに盛り込んで一気に解けば、客との関係も深まる。

（あれれ？）

もっと研ぎ澄ませて。

もっと驚きを——。

三題噺、という言葉がふと頭に浮かんだ。

翌日、松戸へ戻る下り舟に乗った又五郎は、舟の胴にどっかと座り、昨夜のことを考えていた。

（三題噺——こんな芸、聞いたこともねえ）

少し、難しすぎないか？

いつも、昨夜のようにすらっといくわけはない。

だが待て。

だからこそ、凄えんじゃないか？

こんなこと、誰もやったことがないに違いない。

三つのお題を同時に解く——。それも、もっと聴きごたえのある長いハナシで……そんなことが、本当にできたならどうだろう？

（う、ウケるぞ。これはウケちゃうぞ！）

又五郎は思った。

（やべえ。どきどきしてきやがった——）

横で寝転んでいる小鉄は高いびき。

その脇で刀を抱いている左団次は瞑目《めいもく》している。

自分だけが、興奮していた——。

初めて立川焉馬の『肥壺』を聞いたとき。

初めて岡本万作の『疝気の虫』を見たとき。

初めて春の淡雪の〈謎かけ〉を知ったとき。

それと同じ種類の興奮が、自分の内側から、突然激しく湧き上がってきた。もう、叫びたいほどに、走りまわりたいほどに、又五郎の胸が高鳴っている。

（これは、おいらの創意だ！）

やがて、下り舟は、するすると松戸の湊に入った。

布川屋太兵衛は、又五郎の帰りを手ぐすね引いて待っていた。

「おう、けえったな」

店から飛び出てきた布川屋は、嬉しそうに言った。

「この前話した噺合わせの件だが、江戸の山野辺様ンところに出していた使いが戻ってきてな、非常にお喜びだそうだ。もし面白き芸なれば、御用達の印可《いんか》を出そう。かまわぬ、江戸府中にても勧進したらよろしかろうと申されたそうだぞ」

「は」

「白河公が老中を退任されてもうだいぶ経つ――御威光もだんだんと薄れてきたと見える。山野辺様は幕閣にも食い込んでいるおかた。てめえら芸人どもにも、いい風が吹いてきたのかもしれねえぜ」

布川屋は言った。

「――親分」

「なんだ」

「淡雪は、承知かい？」

「もとよりだ。淡雪は、田沼時代の軽口剽軽の生き残りにして、府外の川筋じゃァ、一番の腕利きだ。山野辺様の言葉を伝えたら、おもしれえ、江戸に旗をたてるのはおいらだと抜かしやがった」

「ふうむ」

「どうでえ」

「よし。勝ったほうが江戸にけえって勝負する――そういうこったな」

「そういうこった」

布川屋はそう言って、鼻の穴を膨らませた。

「ひとたびは白河公に江戸から追い出された芸人どもの、いちばんを決める大寄席だ。この布川屋、昔取った杵柄《きねづか》で、せいぜい盛り上げさせてもらうぜ！」

ぶるる、と思わず武者震いがした。

（よォし。決めた――）

勝負だ。

ぐだぐだ考えるのはやめだ。

【七】　可楽誕生

〈囃子屋〉の湿っぽい部屋に戻った又五郎は叫ぶように言った。

「――小鉄、左団次、演し物は決めたぜ」

「む」

「三題噺、だ」

「さ――んだい噺、でござるか」

「なんだそりゃ？」

「新作さ。天下に唯一、おいらだけの新作だ。この越ケ谷行きで思いついたンだ」

「なんと」

小鉄と左団次は目を見合わせて驚いた。

「いいか。三題噺ってえのは、見るもの聞くものみんな驚く凄ぇ趣向よ。淡雪の謎かけは、一つのお題を頓智を利かせて解いて見せる。ならば、おいらは、三つのお題を、その場で解いて見せる」

「な」

ふたりは絶句した。

「三つ、ですと？」

「難しくありませぬか？」

「難しいさ！　三つのお題を、その場でハナシにしようって算段だ」

「無茶でござる」

「見たことも、聞いたこともねえぜ」

「見たこともねえのはあたりまえだ。つい昨日、この又五郎様が思いついた、とっておきの新しい創意よ。初めての、自分だけの創意よ」

「アニキ――」

小鉄は言った。

「おいらは、アニキのそういうところが大好きだ。面白いことを思いついたらまっしぐら。度胸一発、思い切った男ぶりがなァ。でもよお、今度は水戸徳川家仕置家老山野辺彦左衛門様の宴席なんだぜ。なにもそんな大舞台で、そんな難しいコトやらなくてもいいだろう。三題なんて、無茶だよ」

「そうでござる。相手は天下の水戸の御家老。ご機嫌を損ねれば、お手打ちになったとて文句は言えぬ」

「お、お手打ち。そうだ、そうだな。アニキ、やめてくれ。アニキが死んだらおいら、どうすればいいんだよ！」

小鉄は、泣きそうな顔をする。

「バカ野郎。大舞台だからこそ、一世一代の創意で臨むンじゃァねえか。ここが勝負のしどころよ」

「御身《おんみ》も大事でござる。突飛な思い付きで、身を危険にさらすことはあるまいかと存じまする。世間というものもございますゆえ、お諫め申し上げる」

落ち着いた口調で、左団次は言った。

左団次が言いたいことは、又五郎にもわかった。

江戸を出奔して二年。越ケ谷、松戸、小岩、市川と、さまざまな座敷や席にあがり、その難しさ、怖さは痛いほどわかるようになっていた。

どんなに稽古をしても、人間ならば口ごもることもある。

しかし、客という奴――言い換えれば世間という奴は、そんな失敗さえも許さない。

ちょっとした失敗だって、

(あいつの芸を見たけど、全然ダメさ)

という嘲笑になって町から町へ、湊から湊へ、流れて行ってしまう。

左団次は、そのことを言っているのだ。

又五郎は落ち着いた声で言う。

「小鉄、左団次、ありがとうよ。確かにおいら、頭の軽い江戸っ子よ。いつも思い付きでおっちょこちょいをやっちゃあ周りに迷惑をかけてきた。難しいことを考えるのは苦手だし、もとが無学な職人だ。だがなあ、この三題噺ってやつ、ただの思い付きじゃァねえ。今度は違うんだ。違うんだよ」

「どんなふうに違うってンだ」

「これは、新作さ――やっと思いついた、おいらだけの創意工夫だよ」

「そんなもの、誰も望んではおりませぬ」

「そうかもしれねえ。だが、こいつは、おいらがホンモノになるための勝負なんだよ」

「師匠」

左団次は厳しく言った。

「師匠は充分に、修業をしてきなさった。師匠ご本人は認めなさらぬが、その腕は確実にあがってきて、人気も出ている。それなのに、なぜそのような難しいことをやろうとするのか。誰もそんなことを望んではいませぬぞ」

「難しすぎる。そうかもしれねえ。誰もそんなもん見たくねえ。そうかもしれねえ。うまくいくかもわからねえ。だが、それでもおいら、新作をやりてえ。天下分け目のこの席に、自分だけの、創意をぶちまけてえ」

又五郎、必死で言った。

「ここで新作での勝負を逃げて、手慣れた古いハナシでお茶を濁したら、たぶんおいら、一生、半端なまンまだ。小噺は立川焉馬棟梁から。謎かけは春の淡雪から。修業だなんだと言いながら、やってることは猿真似だ。本当にそれでいいのか。一生誰かの真似をして、それっぽく口先ばかりで格好をつけて、ニセモノのまま生きていくてえのか。ひとつでいい。ひとつだけでいいんだ。他の誰もがやったことがない、自分だけの工夫で勝負してえ。新作に挑戦しなけりゃ、きっとホンモノにはなれねえ」

又五郎は真剣だった。

左団次は、じっと聞いている。

「ずっと、自分だけの芸ってなんだろうって考え続けてきた。おいらは所詮、氏も素性もねえ石ころだ。でも、それでも、おぎゃあとこの世に生まれて、なにか一つでも構わねえ、誰もやったことがねえってことをやって死にてえよ。心の底からこれはおいらだけだってモノを創って、お天道様に大声で叫んでやりてえんだ。おいらは誰かの真似じゃあねえ。ホンモノのおいらがここにいるぞってな——ずっとずっと考えてきたンだ。今この時、とてつもねえ創意を思いついちまった。ならば、これが勝負のときなんだ。神様が、そう言ってるンだよ。そのために修業してきたんだろう？　いつかやらなきゃならねえってえ勝負のときが、今、来たんだよ。うだうだ言わずにやるんだよ」

　左団次は怒ったような顔つきで聞いている。

　小鉄は呆然としている。

　又五郎は、必死で言った。

「いいか、鹿野武左衛門は百年前。吉原根津の天狗連は二十年前。今おいらが、江戸で旗をあげて、そんな連中に肩を並べようってンなら、逃げちゃだめだ。今の、このときの、てめえの全てをぶつける、新作じゃなけりゃァ、だめなんだ」

　なぜだろう。

　なぜかふたりには、言わねばならぬような気がした。

　言葉は下手だが、なんとかわかってもらえればいいと思った。

　ふたりはじっと、聞いている。

「なあ、小鉄。こういうおいらは、おかしいか？」

「おかしくなんか、ねえや」

「左団次は、どうだ」

「男子の本懐でござる」

ふたりの目が、三番搾りの油についた暗い行灯のあかりに揺れていた。

うすぐらい壁に、三人の若者の影が、ゆらゆらと揺れて、燃えているように見える。

「よォし、決まった。天下に花楽は『三題噺』。こいつで勝負する。さっそく明日から稽古に入るぜ。三題噺なら花楽――この名を、川沿いに、江戸じゅうに、いや、日の本じゅうに響かせてやる」


寛政十二年の夏のある日、夕空が、抜けるような朱鷺色《ときいろ》に染まった。

街道沿いの旅籠が、一斉に水戸徳川家の葵《あおい》の提灯を揚げる。

行きかう荷駄の群れ。

ひとびともどこか浮足立っている。

松戸御料の中心にある海老屋の御門には篝火が焚かれ、〈徳川権中納言様御家来　山野辺彦左衛門様御宿〉の墨筆杉板が立っていた。

御門から板塀沿いに脇に回ると、小さな堀が切られており、路地がある。

又五郎は、小鉄と左団次とともに、この路地の勝手口から海老屋に入った。

「お待ちしておりました」

案内に出た小者に、作法通りの木瓜の割り印を示し上がりこむ。

小さな土間の向こうが、普段、業者がつめる控え部屋である。

からりと格子をあけると、すでに淡雪が、火鉢を抱くようにして座っていた。

炭がいれてあるわけでもあるまいが、煙草を呑んでいる。

「花楽――ひさしぶりだな」

淡雪は、斜めに睨むようにして言った。

「評判だな」

「淡雪。あんたほどじゃァねえよ」

又五郎もまた、低い声でこたえる。

淡雪は右手を懐から出さない。

左団次は警戒して、刀を左手で押さえるようにして又五郎のうしろに立った。

又五郎は淡雪から離れた場所に座り、じっと押し黙るようにした。

部屋の真ん中に、うすぐらい行灯がひとつ置かれており、盆にのせられたぬる燗の酒が供されていた。

ふたりとも、芸の均整が崩れるのを怖れ、手を出さない。

四半刻ほど、そうしていた。

はた目にはぴりぴりする緊張感が漂っているように見えたが、又五郎は不思議と落ち着いていた。

格子戸の外から、草むらの虫の音がにぎやかに聞こえる。

遠く中庭越しの宴席からの、ちん、とん、しゃんという三味の音。

わはははという笑い声――。

(粋な風情じゃァねえか)

そう思った。

しばらくすると、女中がふたりを迎えに来る。

「お時間でございます」

ふたりは、顔を見合わせ、頷くと立ち上がった。

「師匠」

その背中に、左団次が声をかける。

「何かあれば、大声を。無理なら窓を開け、口笛を吹いてくだされ。それを聞き次第、拙者、すぐに刀を抜いて乗り込みまする」

「ありがとうよ。大丈夫だ」

「アニキ――」

小鉄は目に涙を浮かべている。

「なんてえ顔だ、小鉄。しんぺえすんな。いまさら失う名もあるめえ」

又五郎はそう言うと、笑った。

その様子を見て、淡雪は、

「チッ」

と舌打ちをする。

ふたりは暗くて急な階段を登り、中庭に面した長い廊下を歩いた。

空には早くも、月が上がっている。

それを横目で見て進む。

奥の広間から、灯りが漏れている。

そこだけが明るい行灯で照らされ、まるで舞台のようだ。

ふたりは、女中の案内で、縁の暗闇に座って待っていた。

縁から部屋を覗《のぞ》いてみると、床を背にして、立派な身なりの偉丈夫《いじょうふ》がどおんと座っている。

（あれが、山野辺彦左衛門様――）

いかにも精力的な壮年の男だった。

その脇に、梅干の種のようなしわしわの小役人風の男。あれが、金町関所奉行の矢島勘四郎だろうか。前もって布川屋に、揉みつくした紙を広げたような小役人さ、と説明を受けていたが、

（そのまんまじゃァねえか）

内心、又五郎はおかしくなる。

その奥に、禿《かむろ》をふたり従えた、太夫がいる。

（あれが、菖蒲太夫――）

うりざね顔に、受け口。にこにこと目元に優しい笑みを浮かべたような表情の女で、なんともいえぬ愛嬌がある。

（川沿いでは一番の人気の女さ――）

これも布川屋の説明を思い出す。

なんとなくわかるような気がした。

川沿いには江戸とは違う流儀がある。

川沿いの女の多くは、気取らず、気が置けず、どこか親しげだった。

（お笑いモノにゃぁ、田舎芸者が良く似合う）

なんとなく、嬉しい気分になってくる。

菖蒲太夫が三味線を弾いていた。

山野辺、大きな緋《ひ》の盃をかかげて酒を呑んでいるが、どこかくつろいだ表情だ。

「心たのしいぞよ」

「ありがたきお言葉」

矢島勘四郎らしき男が、わかりやすい『もみ手』をして笑った。

「それにしても、御当代のご立派なことよ。家督を継がれてから、すぐに国入りされた。今は江戸に戻られたが、軍政を改革し海防を強化せよとのお達し。わが水戸家は学問の藩といわれるが、いやいやどうして、文弱ではいかぬ、サムライの本道である武芸を振興せよとのことだ」

「ご立派でございます」

「さもあろう。わしも鼻が高いわ。帰国のご挨拶にお目にかかったが、ご機嫌もよろしくてよかった」

落ち着いた、優しい声である。

又五郎は暗闇で、少しほっとした。

（あれ？）

ふと、隣に座る淡雪の指先が、ふるふると震えているのがわかった。

淡雪はひどく緊張しているようだ。

（淡雪――アガってやがる）

又五郎は思った。

（無理もねえ。ひさびさの大舞台だもんな）

能天気に構えていた又五郎、その様子を見て、急に自分も焦ってきた。

いけねえ、こんなところでアガるわけにはいかねえ。

暗闇で又五郎は、必死で手のひらに人の文字を書いては呑んだ。

やがて、座敷から、矢島勘四郎の猫なで声が聞こえた。

「さて、ご家老、本日の趣向でございます」

すると、廊下から柱の陰の下座にいたらしい布川屋太兵衛が、膝を滑らせてずっと前に進み出た。

「は――。御殿。すでに使者のものを立てましてお伺いいたしました、軽口芸人どもの噺合わせにございます」

「おお、聞いておる。聞いておるぞ」

太い声は、家老の声だ。

「なんと言ったかな、その芸人は」

「は。春の淡雪に、山生亭花楽でございます」

「なんだって？」

「はい。春の淡雪――。どんな謎でもすぐにとけるゆえ、このような名乗りをしております、頓智の達人でございます」

「ふうむ、面白い。いまひとつは？」

「山生亭花楽。こいつは江戸の産でございまして、奇特にも江戸府外にてお笑い修業の真っ最中。サンショは小粒でも、ぴりりと辛い、などと洒落まして、山生亭花楽。山に生き、花を楽しむ、と書きまする」

「なんとも、生け花の師匠のような名前だのう」

山野辺は笑った。

「いずれも、この布川屋が面倒を見ている湊におきましては、一番、二番の人気者でございます」

「なるほど。その者たちが、江戸に旗を立てたいと申すのだな？」

「そのとおりでございます」

「あっぱれじゃ。拙者も江戸では、ことがあるごとに言っておるのだ。白河公が御老中を退任されてから何年も経つ。もう禁制を緩める頃ではあるまいか、とな」

「は」

「緊縮派の連中は、百姓から厳しく年貢を取り立てることしか考えておらん。口を開けば専ら正業に就くべし、華美なる遊興娯楽など贅沢でござるときたものだ。下々のものは死なぬほどにキリキリ働くだけでよいと思い込んでおる。まったく間違っておるぞ」

「そのとおりにございます」

「もっとも白河公本人は、酒も女も一切やらず、学問だけのマジメ一本鎗の男だったがな。あんな男が実権を握ったために、この世の中は、生きづらく、苦しくなった。まったくマジメとは厄介なものよ」

ぐびりと酒を呑む音がする。

「自分の正しさを押し付けて、町人どもを苦しめ、息つくひまも与えぬ。このままでは、民の間に徳川の世に対する不満が鬱積するであろう。今はよくとも、二十年、三十年と経つうちに徳川に対する反感が世の底にたまっていくに違いない」

山野辺彦左衛門、低い声で言う。

「わが水戸藩は、徳川を支える支柱たる御三家だ。これを座視しては東照大権現様に申し訳が立たぬ」

「は、はい」

これは矢島勘四郎の声。

矢島は立場があるのか、いまひとつ返事があいまいだ。山野辺の過激な幕政批判に、言質《げんち》をとられまいと気を使っているような言葉運びである。

山野辺は、ふん、と鼻を鳴らして続けた。

「町人どもに楽しき暮らしをさせておかねば幕政は衰える。そのためには、娯楽を認めるべきなのだ。歌舞伎や相撲などの娯楽、出版、演劇。ひとびとが集まる中に、新しき仕事も生まれようかというものだ」

「御意に」

布川屋太兵衛が、押し出すような力強い声を出した。

「僭越ながら、この布川屋太兵衛、松戸を拠点に、川の上下、亀戸、小岩の、芸人どもを庇護してまいりました。いよいよ、機は熟しましてございます。今こそ、江戸に『軽口剽軽』の旗を立てるときかと」

「うむ」

「白河公の寛政以来、江戸を追い出された芸人どもはこの川沿いに集い、芸を磨いてございます。いざ――」

布川屋は大声でそう言うと、ぱんぱんと派手に手をたたいた。

暗い廊下の陰に隠れていた、淡雪と又五郎はすっと膝を立て、縁の明るいところにすすみ、

「は、はあ――」

と手をついて頭を下げる。

「本日は、お目もじ仕り、恐悦《きょうえつ》至極《しごく》にございます。江戸府中馬喰町の座にて、立川焉馬が末の弟子、山生亭花楽と申しまする。隅から隅まで、ずずいと、お見知りおきをくだされ！」

明るい、よく通る声だった。

ぱっと場が明るくなった。

淡雪は、ゆらりと体を起こし、

「江戸青山が産、安永天明の天狗連が生き残り、どんな謎でも、あら不思議、するするととけてしまいまする、春の淡雪と申します――」

と言った。

その顔には、なんともいえない柔らかな笑顔が浮かんでいる。

控え部屋にいたとき、廊下で緊張にふるえていたとき、皺の一本一本に、目配りのひとつひとつに、やくざな生き方をしてきた男の殺気が沁みこんだような悪相をしていたのに。

この男、客前に出たときは、おどろくほど人懐っこい顔つきになる。

（すげえ）

又五郎は内心、舌を巻いた。

そういえば、初めて淡雪を見たときも、その落差に驚いたものだった。

ふたりが居並び愛想を見せると、布川屋は嬉しそうにこう言った。

「さて、ご家老。ふたりは川沿いの売れっ子の双璧にございます。もう固い話は抜きにして、軽

口を叩かせましょう」

山野辺は、ふむ、と笑い、遊び慣れしたようすで、

「よろしい、よろしい。ご祝儀じゃ、まず、舌が回るように酒を賜ろう」

と言って、銚子をかかげた。

又五郎は膝をすすめ、うやうやしく盃に受けて、ぐっと飲み干す。

緊張からか、味がしない。

続けて淡雪、痩せた手を差し出して盃を受け、迎え口をとがらせてちゅうーっと吸うと、ひとを引き付けて離さぬ笑顔で、こう言う。

「他ならぬ御殿の前で、卑しきまねを致しますこと、切におゆるしくだされ。手前、すでに酔ってございます。江戸を出てはや二十年——ご家老が運び来る江戸の香りに、淡雪、酔ってございまする」

「なんと、二十年か」

山野辺は、感心したように言い、

「よろしい。この酒は江戸ではなく水戸の酒だが、もう一杯、下げ渡そう」

と上機嫌で言った。

うまい。

山野辺の目はすでに淡雪から離れない。

瞬時に座敷の中心に淡雪がすわり、場を回し始めた。

又五郎は座のうしろに追いやられることになった。

「ありがたきしあわせ。いただきます」

淡雪はおどけた仕草で進み出ると、

「おっとっと――。もう一杯の酒と、かけまして」

と言った。

ん、と山野辺が不思議そうな顔をする。

「ねぼすけの朝寝、と解きまする」

「その心は？」

布川屋が、すかさず助け舟を出した。

「覚ますのに、苦労致しまする」

「は」

山野辺は一瞬何が起きたのか分からぬ様子だったが、ふと考え、なるほど、と納得したらしく、

「はははは！」

と笑った。

「は――。これが、手前が得意といたしまする〈謎かけ〉にございまする。なんでもお題をかけて下されば、春の淡雪のごとく、するするととけまする」

「面白いのう！」

山野辺は叫ぶように言った。

「気に入った！」

「ご家老――お題を」

と、横から布川屋。

「ふうむ」

山野辺は自分の手元をさぐるような顔つきをして、あちこちを見回し、うーんと唸ってこう言った。

「ふむ。では、脇差ではどうか」

「は。お題をいただきました。御脇差とかけまして」

淡雪は考える仕草をして、間を与えず、

「整いましてございます！」

と叫んだ。

「手前のイチモツと解きまする」

「し、失礼だぞ。下品な！」

矢島が慌てたような声を出した。

「よいよい」

山野辺は笑う。

淡雪、続けて、

「その心は、御殿の本身よりも、少し短いようで」

という。

あっけにとられた山野辺は、盃を持ったまま、菖蒲太夫と顔を見合わせる。

先に、ぷっと吹いたのは、菖蒲太夫だった。

さすがに気の置けない川沿い女郎である。

吉原の花魁なら怒り出すかもしれない。

あどけない笑顔が、場を楽し気にくつろげた。

それにつられたように、山野辺彦左衛門が、破顔する。

「は、は、は。はははははは！」

「おほほほほ」

つられて布川屋、矢島が笑う。

山野辺は、ゆったりと盃の酒を呑んで、言う。

「愉快。愉快じゃ。面白いぞ、淡雪とやら！」

「ご家老、この謎かけは川沿いでは大人気でございまして」

布川屋が耳打ちするように言う。

山野辺は嬉しそうだ。

「よくわかった！」

「恐悦でございます。続き、お題を」

「そうじゃな。この菖蒲太夫ではどうじゃ」

「へえ。お題、いただきました。菖蒲太夫とかけまして」

淡雪はまた、しばし考えて、

「整いました。菖蒲太夫とかけまして、肩車と解きまする」

「その心はなんじゃ？」

「へえ。お殿様は、肩重い（片思い）でございまする」

「まあ」

菖蒲太夫は、口もとを押さえる。

山野辺は、もう夢中だ。

「ふうむ！　見事だぞ」

「恐悦至極――」

「では、手に持ちたる三味線はどうだ」

「とんだ親不孝で」

「む、その心はなんじゃ？」

「太夫の三味は、殿御のお心を溶かす音色にて、バチが当たってございます」

「ほう！」

すっかり感心している。

「たいしたものだ――」

「へえ」

「では、この山野辺ではどうじゃ」

「へえ、山野辺様とかけまして」

「なんじゃ？」

「へえ、畏れながら、便所のあとの風呂の掛湯と解きます」

慌てた矢島がまた叱る。

「これ淡雪、失礼だというのに！」

淡雪はすぐに頭をさげる。

「へへえー」

その間が、絶妙だ。

一同、どっと笑う。

うしろに控え、見ていた又五郎は感心した。

熟練の技——客の呼吸を完全に読んでいる。

山野辺は上機嫌だ。

「うるさい、矢島。黙っておれ。これ、淡雪、その心はなんじゃ」

「へえ、畏れながら——こうもんさまの周りを綺麗にして差し上げております」

「わっはっはっはっは！」

山野辺は大笑いである。

「おあとが、よろしいようで」

淡雪は頭をさげる。

「凄いぞ、初めて謎かけというものを見た！」

「ありがとうございまする——」

淡雪は言った。

どんなもんだ。

淡雪は細い目で、そっと又五郎を見る。

威嚇したつもりだったかわからぬが、その目に、準備してきたことを無事に終えた安堵が浮かんでいるのを、又五郎は見逃さぬ。

いつもの悪相に戻っている。

その気持ち、又五郎には痛いほどわかった。

淡雪は緊張していた。

今は、全身に安心感と疲労感がにじみ出ている。

もう一押し、ふた押しするかと思ったらしなかった。

その呼吸を見て、山野辺は言った。

「見事であったぞ。謎かけの春の淡雪——忘れぬ名前になりそうだ」

「ありがたき幸せ」

「では、うしろに控えし、若いの。ぴりりとなんとやらと言ったな」

「は。サンショは小粒でもぴりりと辛い、山生亭花楽でございます」

「そうであった。花楽。花を楽しむのであったな。貴様はなにをやるのだ？　ハナシをするだけか？」

「は」

又五郎は頭をピッとあげ、背筋を伸ばした。

「三題噺、をご覧にいれます」

その端整な顔が、きらきらと光っている。

布川屋と淡雪は、

「え？」

「三題噺？」

と顔を見合わせた。

聞いたこともない。

どんな芸だというのだろう？

「三題噺——なんだ、それは」

「へえ。天下に花楽だけの特別な芸にございます。淡雪殿のお題はひとつ。手前は三つ。お殿様にお題を三ついただき、瞬く間に、それらを織り込み、一本のハナシにしてご覧にいれます」

これを聞いて、淡雪は驚いたように目を見瞠《みひら》いて又五郎を睨みつけた。

三題――。

一題の謎を解くのにも大変な稽古を要するというのに、そんなことができようか。

「瞬く間に――つまり即席か」

「は。そのとおりでございます」

「これは驚いた。貴様の師匠、江戸の立川焉馬は、鹿野武左衛門の流れをくむ端整な話芸だと聞いていたぞ。その弟子筋であれば書物で学んだ正統派のハナシをやるのではないのか」

「へえ、真っ当な者はさもありましょう。しかし手前、残念ながら、マジメのかけらもございません。江戸の半竹な遊び人につき、修業とやらが苦手にございます。根ッから、軽ゥくできておりまして、棟梁からも愛想をつかされたほどにございます――即席の芸でご機嫌を伺わせていただきまする」

又五郎は、大きく出た。

「ははは。心楽しいのう」

山野辺はそう言って破顔し、

「やって見せよ」

と扇で指し示す。

淡雪は目を見開いて、じっと又五郎の横顔を見ていた。

(見ていろ、この野郎)

又五郎は、度胸一発、ままよ、と胸を張る。

「へえ。江戸っ子の意地、ここにご覧に入れましょう」

「ふうむ」

「お題を三題、くだされ」

山野辺は中空を見て、言った。

「まず、江戸の御城じゃな」

そして、しばし考え、

「次に富士の山。最後にわが水戸だ」

「は」

又五郎は、頭をさげると。

「へえ。確かに三題、いただきました——江戸御城、富士山、水戸——」

と言って、考える。

さて。

思ったよりも難題。

いざとなると、心中に焦りがあるな。

稽古の時のようにするすると頭が回らない。

しかし、そうとも言っていられない。

ここが頓智のひねりどころ。

どうやって話を作ろう？

ぱらぱらと、いくつかネタは頭にうかんだ。

しかし、うまく言葉を織り込めるか？

御前でもあり、目出度《めでた》い話にまとめたい。

「………」

頭の中がぐるぐる回りはじめ、額に冷汗がジトッと湧いた。

部屋では盛んに焚かれた行灯の光の中に、山野辺、菖蒲太夫、布川屋、矢島、淡雪が固唾《かたず》を飲んで見つめている。

中庭にあるシシオドシの、こおん、と石を打つ音がした。

ええい！

やるんだ。

又五郎は顔をあげた。

「整いましてございます」

のどが渇いて、素っ頓狂に声がひっくり返ったが、それでも又五郎、どんと粋に胸を張る。

カラ元気でも元気。

虚勢も勢いだ。

出せるモンなら、全部出せ。

「え。もうできたというのか」

「さようでございます」

「ええい、聞かせよ」

山野辺が、せかせるように言った。

座につらなる布川屋と淡雪が緊張の表情で見つめる。

又五郎、満面の笑みを浮かべ、声も高らかにハナシを始めた――。

「さて――手前の棲みたるは、江戸は下谷の七軒町。裏はすぐに下谷のお稲荷様でございます。それをしだりに曲がっていきますてえと、馬手に広徳寺の大伽藍。その向こうは上野のお山の東叡山は寛永寺。その門前には、下谷の広小路が広がっております。ご家老におかれましてはご存じでございますか」

と一息入れて、調子を整える。

「ふむ。わかるぞ。水戸家の上屋敷も近いな」

「へえ。左様でございます。この広小路というのは、むかし、普通に屋敷が並んでいた場所でございますが、享保の頃に、当時の南町奉行の大岡越前様が火事の火除け場にせよってんで、家をどかして作られた。昔からここにあった家どもは、あちこちに移ることになりましたそうでございます」

「いかにも」

「そいでもってその折、新しい広場に新しいお店がたくさんできたンですが、その商家の中に、水戸の梅を売る、水戸屋という間口の小さな店がありました。この店のハナシをしようと存じまする」

「ほう」

「このささやかな店。夫婦がこれはたぐいまれなる正直者でございましてな――」

「うむ。さもあらん。水戸者は正直だ」

お題のひとつの水戸が入った。

山野辺は満足そうだ。

杯を傾け、酒を呑む。

「毎朝毎晩、広小路に出て、山上に広がる寛永寺様をそれはマジメに拝んでいたのでございます。するとある日、ご本尊の薬師如来様が、亭主の夢枕にあらわれました。如来様がおっしゃるには――これ、水戸屋。お前は正直者だ。ゆえに一生カネに困ることがないように功徳を授けよう。明日からお前は、使いきれないほどのカネを手に入れる」

「ほう」

「ただし、おまえが今の謙虚な気持ちを忘れ、そのあたりの悪徳商人どもの真似して私腹を肥やすようなことがあれば、この如来は容赦せぬ。よいか。万が一にも蔵を建てて貯めこんだり、贅沢をしたりしてはならぬ。もし禁を破れば、来世には相応の目にあうだろう」

「難儀だな」

「へえ。仏様の教えはいつも難儀でございます」

「ははは――さもあろう」

「さて、その夢を見た翌日から、水戸の梅は美味いってえ評判が、江戸じゅうに、こう、ばあーッと広がりましてございます。山のようなお客様が広小路の水戸屋にどっと押し寄せることになりました。さあ大変、夫婦の財布は膨れるばかり。儲かって儲かってどうしようもなくなった」

「ふむ。面白いのう」

「夫婦は困りました。なにしろ、薬師如来様に厳しく言われております。ともかくこのカネ、なんとしても使って、無くさなければなりません。まずは巷で流行りの泥棒に盗んでもらおうと、わかりやすい場所に千両箱を置いてみた。すると見物人が押し寄せて、またもや店は繁盛する始末。あんな目立つものは盗めないってンで、盗賊たちも尻尾を巻いて出てこない」

布川屋と淡雪が、前のめりで聞いている。

場が、乗ってきた。

淡雪の深い皺が、行灯のあかりにゆらゆらと陰影濃く揺れて見える。

「そのうち、噂を聞いた貧乏人が列をなして相談に来たもんだから、これ幸いとカネを配りましてございます。事情も聞かず、どしどし渡してやりました。ああ、これでさっぱりなくなったと思っていたら、カネを貰った連中が、ことごとく商売繁盛の大成功。あのときいただいたカネのおかげですってンで、お礼に倍にして返してくれる――」

菖蒲太夫は、山野辺に寄り添い団扇を手にしているが、それを振ることも忘れて、聞きいっている。

「困った夫婦、次は子供だってンで、身寄りのない子供を拾ってきて、どんどん育てて散財しました。すると今度は子供たちがみな大成功。おとっつあん、おかっつあん、ありがとうてんで、十倍、二十倍にして返してくれる」

「ははは。豪儀なことよ」

「こうして水戸屋は、上野山下でも屈指の大店《おおだな》となりましてございます。しかし困ったのは正直者のふたりだ。このままだと如来様のバチがあたって、どうにも後生が悪すぎる。ヤケになった旦那は賭場にいってどんどん逆に張ったンですが、ことごとく当たっちまう。今度は大川の堤に行って、穴を掘って埋めちまおうってわけで、河原を掘ったんだが、今度は、その穴から大判小判がざっくざく」

「面白いのう」

山野辺は感心している。

「さて、どうなる」

「頭を抱えた正直者の水戸屋の夫婦。捨てるのもダメ、恵むのもダメ、蔵もダメ、貯めるのもダメ。ここでふたりは考えた。これまでは、何か意味があることをやっちまったからいけねえんだ。意味があったから、カネが増えちまった。何か、とことん意味のないことをやろうじゃァねえかと」

「ふむ」

「如来様に贅沢は禁じられてはいるが、意味のないことならば許してもらえるンじゃないかってんで、番頭手代をはじめ使用人を呼んで意味のないことが思い浮かばぬか聞いてみたが、なかなかよい思案がない」

「うむ」

「そこで下谷の長屋へ行って、ほら吹きで有名な湯屋の旦那に相談しましてございます。そのほら吹き、首をひねって、そうさなあ、と考え言いました――こういうのはどうでございましょう？　江戸の御城の松と、三保の松原の松を、誰も知らねえ間に入れ替えるってぇのは？　金を使ったところで、なんの意味もない」

「はっはっはっはっは」

「水戸屋の亭主、ハタと膝を打って、でかした。そいつは確かに意味がない。うまくすればカネだけがなくなるぞ。さあやろうってんで、さっそくお役人に袖の下をばらまいて、御城の松と三保の松原の松を全部買い占めた。お庭にこう、幔幕《まんまく》を張っておいて、一気にこいつを引っこ抜く」

「おお」

「これを知らぬ間に入れ替えちまおう――」

「ははは」

「大勢の人夫を雇って、馬をやとい、松の引っ越しを始めた。もともと金を使うのが目的です。給金、酒手《さかて》はたっぷり払って、箱根で宴会、三島で宴会。そして浅間神社《せんげんじんじゃ》のあたりで、江戸の松と、三保の松は行き違いましてございます。富士川の河原に並んだ見渡す限りの松の木を見て、夫婦は、よかった、やっと一文無しに戻れますねえ、と涙を流して、ひと安心しました。するとそのときでございます、富士のお山が大爆発。松の値段がうなぎ上りで青天井――もう、だめだあ――」

と、又五郎。

ここでピタリと頭をさげる。

「三題噺でございます」

「はっはっはっはっは！　見事！」

山野辺は扇をぱらりと開いて、満足げに笑った。

「江戸の御城、富士山、水戸の三つのお題が見事に入っておった！」

「ありがとうございまする」

「しかも、縁起の良い話――御前の宴にふさわしい」

見ると、布川屋は興奮して頷いている。

淡雪は充血させた目を見開き、驚愕して又五郎を見つめている。

又五郎は、頭を下げながら、今まで感じたことのないような満足感が心の中に膨らむように湧き上がってくるのを感じていた。

（やった――）

自分でも、今日は神がかっていると思った。

ネタはなにごともない。

昔、何かの本で読んだ与太語が元だ。

だが、細かいところは出まかせや思い付きをつなげた。

それなのに、すべてがきれいに収まった。

口先だけで、ここまで上手にまとめられるとは思っていなかった。

（やった――やったぞ）

目の前の山野辺や太夫、布川屋太兵衛や矢島勘四郎がウケているからいいということではない。今日の芸は、まだ天下に誰もやったことがないものだ――そのことだった。

窓をあけて、大声で言ってやりたい気分だった。

この芸は、おいらが考えたンだ、おいらだけのもんだ、と。

「山生亭花楽とやら――。苦しゅうない。近くによって、盃を取れ」

「は」

又五郎は、膝をすべらせて、山野辺の近くににじり寄った。

杯洗にくぐらせた大きな盃を、又五郎に渡しおいて酒を注ぎながら、山野辺は言った。

「見事であったぞ。わしが思い付きで言った三つのお題を、見事に解いてみせたではないか！

このような驚きは初めてだ。貴様の頓智、天下一である」

「ありがたきお言葉」

「ところで布川屋――」

「は」

布川屋がにじり寄る。

「貴様、今日の趣向は、ふたりの芸人のどちらが甲で、どちらが乙か、勝負をつけることだと申したな」

「はい」

「安永天明の天狗連の生き残りにしては、無粋な奴だ。甲も乙もあるまい」

「といいますと」

「両方とも甲じゃわい。これらを見せれば、江戸の町人どもは喜ぼうぞ」

布川屋は、山野辺の顔をじっと見た。

「――それでは？」

「引き分けじゃ。どちらも素晴らしい」

それを聞いて淡雪は、すかさずしゃがれた声を出す。

「ご家老！」

「む？」

「この勝負、悔しいかな、この淡雪の負けにございます」

「なに？」

「この淡雪の芸、安永の頃の根津モンどものネタと何も変わらない。二十年前の芸でござった。しかし、この花楽が芸は、たった今、生まれた芸でござる」

ふだんはくぐもったような声の淡雪。しかし、今は、はっきりとこう言った。

「この淡雪は、伸び切った芸。花楽は若く、これから磨かれ、伸びる芸――どちらが上か、ご家老ならおわかりになりましょう」

又五郎は目を見開いて、淡雪を見る。

すると淡雪は、鋭く目を光らせて、刺すようにこう言った。

「かしこくも今日の御前の席はな、勝ったものが江戸に旗を立てるってえ趣向だ。てめえの勝ちだ、てめえがやれ」

「なんと」

「おいらの古い芸を持って行っても、口さがない江戸っ子にゃァ、昔見たぜと笑われるだけ。新しい江戸にゃァ、新しい芸がいるんだ。若えもんが目の曇ったジジイどもに、目にモノ見せてやらなきゃどうすんでえ」

淡雪は肩をいからせる。

「それにな、そもそもこの松戸は、おいらが縄張りなんだ。お前は江戸に帰れ。おいらの縄張りから、出て行け。おいらは縄張りを取り戻せて、すっきりするぜ」

「淡雪の――」

ふたりはじっと顔を見合わせた。

それを見ていた布川屋が、目を真っ赤にして言った。

「淡雪。てめえ、それでいいのか」

「いいんだ」

何かを噛みしめるように、淡雪は言った。

そこには、年老いた男の、悲哀のようなものがにじみ出ている。

江戸に戻るのは自分じゃあない。時は、過ぎたのだ――そんな何かが、伝わってきた。

座敷はしんと静まり返る。

山野辺彦左衛門は、目の前の酒をぐっと呑んで言った。

「相分かった。この、水戸徳川家筆頭家老、山野辺彦左衛門が印可を与える。この勝負、山生亭花楽が勝ち。いいな」

「合点」

「もとより承知」

ふたりの目の前に、大きな盃が置かれた。

ふたりは目を見合わせたまま、きゅーっとそいつを呑み干した。

山野辺は言う。

「さて――」

腕を組んで、

「拙者が存念を述べるぞ」

「御意に」

「まず」

手を叩き、仲居を呼ぶ。

「すまぬが、硯《すずり》と、墨をたっぷりと含ませた筆、それに紙を持って来てくれ」

と言っておいて、向き直る。

「花楽――貴様は、おいおい江戸に戻り、百年前の武左衛門以来の軽口剽軽の旗を、江戸の府中に立てるがよい。遊びを知らぬ生マジメな無粋どもに、貴様が『粋』を存分に聞かせてやるのだ」

「は」

「ところで貴様の名前だがな」

「おいらの、名前」

「いかにも」

「おいらの名前がどうしましたのでしょうか」

「山生亭花楽――これではまるで、生け花のお師匠のようだ。最初に聞いた時からどうにも変な名だとおもっておったぞ」

「しかし手前、サンショは小粒でもぴりりと辛い、の名乗りは気に入ってございます」

「ふむ」

山野辺は酒を膳に置きながら、床の間にかかっていた軸を指して、言った。

「花楽――。この床の間の絵がわかるか」

行灯の明かりに揺れているその絵は、古い水墨画だった。

深い山を背にして、古代中国の衣服を来た老人が三人、破顔して笑っている。

「この絵は、有名な絵でな、虎渓三笑図《こけいさんしょうず》、という」

「虎渓三笑図――」

「さよう。中国の故事でな。昔、晋の国の廬山《ろざん》というところに、慧遠《えおん》法師という偉いお坊さんがおった。法師は山に隠棲して、二度と俗界に出るまいと、下界へ下る入り口にあった虎渓という渓谷にかかる橋を渡らないことを誓った。ところが、陶淵明《とうえんめい》、陸修静《りくしゅうせい》という親しき友人が訪ねてきたときに、話が楽しくなってしまってな。もう帰らねばならないふたりを見送りながら、また夢中で話して、つい、虎渓の橋を渡ってしまった。それに気が付いた三人が、笑う可《べ》し、というので笑ってしまっているところだ。軽妙にして愉快な絵であろう」

なるほど。

見るからにわくわくするような、面白い水墨画であった。

そこへ、紙と筆と硯が届いた。

「どれ」

山野辺彦左衛門は筆を執り、

「これも、何かの縁。そして、この床に、この絵が飾ってあったのも、また縁——」

ささっと太字でこう書いた。

三笑亭可楽

「どうじゃ」

山野辺は、灯りを寄せて、それを見せた。

「貴様の名乗り、このほうがふさわしかろう」

「三笑亭——可楽」

「うむ。読みは同じじゃ」

又五郎はその文字をじっと見た。

何か、びりびりとしびれるようなものを感じた。

良い——名だ。

「水戸徳川家筆頭仕置家老、山野辺彦左衛門ごときが揮毫《きごう》し、印可して申し付くる。貴様、本日からの名乗り、川沿軽口剽軽筆頭にして、三笑亭可楽とする」

【八】 江戸に帰って神頼み

それから、三笑亭可楽の名は、文字通り、江戸府外の川沿いの湊みなとに響き渡った。北は越ケ谷、野田、流山から、南は亀戸、小岩、市川まで。

(なンでも、松戸の御前噺合わせで、淡雪に勝ったらしいぜ)

ひとびとは可楽を座敷に呼ぼうと列をなした。

可楽は、できる限り、需《もと》めに答えながら、『三題噺』を試していく。

ある時はうまくいき、あるときは失敗する。

何も創意が浮かばずに笑ってごまかすこともあったが、昔のように慌てることはなくなった。その場で出まかせを言って、笑いで納めることもできるようになっていった。腕があがったのだ。

こうしているうちに謝礼のほうはどんどん増えていき、座敷に出るたびに又五郎、挟箱一杯の銭を受け取り持ち帰るようになった。

ひと月後、そんな銭を、囃子屋の薄暗い部屋で数えながら、

「どうしたモンかなあ」

又五郎は言った。

小鉄が、なにを言ってンだ、とばかりに言う。

「アニキ、カネが入ったんだぜ。まずは、色っぽいところへ繰り出して、キレイどころを並べて大騒ぎだろうがよ」

うずたかく積まれた銭の山の中に、一分金や二分金が紛れているのを見て、小鉄は我を見失っている。二分金が二枚そろえば一両だ。

「こいつァ、亀戸の菖蒲太夫どころじゃねえ。吉原の花魁だって呼べるカネだぜ！」

いっぽう左団次は、顔色をひとつも変えない。

「師匠」

「なンだ」

「本日、留守の間に布川屋の太兵衛親分が訪れまして、こうなれば早くこの粗末な囃子屋を引き払って、布川屋の裏に移れとのお達しでござる」

「布川屋かあ」

「そしてもうひとつ。江戸の府中で師匠のお名前が売れ始めているとの話もござった」

「うん？」

「二年前、下谷稲荷の境内で江戸初の寄席を勧進したる山生亭花楽が、二年の修業の末に松戸における噺合わせに勝利。水戸徳川家仕置家老山野辺彦左衛門様より〈府外川沿軽口剽軽筆頭〉の印可をくだされ、三笑亭可楽と改名して、川沿いの人気を集めている——ざっとこんな具合でござる」

「江戸かあ」

又五郎は呟くように言った。

ふと、於奈津の顔が胸に浮かんでくる。

（あいつの耳にも、届いているのかなあ）

喜んでいるだろうか？

あいつ、いつも鋭い顔つきで怒ってばかりいるが、笑うと急に幼くなって可愛くなるからなあ。少しは笑って喜んでくれるといいンだが。

柄にもなく、胸がむずむずしやがる。

「おい小鉄――」

又五郎、二朱金をひろって枡に入れながら、さりげなさを装って聞いた。

「今も於奈津に手紙をやってンのか」

「ああ。ここにいるってことも、噺合わせのこともちゃんと言ってある。あっちからは手紙も来ないけど、無事にやってンだろ」

「ふうむ」

又五郎は、顎を撫でる。

左団次は紐を四文銭の穴に通しつつ、顔をあげずに言った。

「江戸では、間もなく可楽が凱旋して二年前の仇を取るという噂もあると聞きまする」

「左団次――」

「は」

「時は満ちたな」

「いかにも」

左団次はここでようやく顔をあげ、鋭い視線で又五郎の顔を見る。

ぴたりとふたりの目があった。

今こそ、江戸に帰るときであった。

「へ？　その前に、松戸じゅうの芸者をあげるンじゃぁねえのかい？」

小鉄がひとり、素っ頓狂な声をあげた。

　翌日、又五郎は、布川屋太兵衛を訪れ、一年半過ごした松戸に別れを告げることを伝えた。すぐに荷物をまとめ、置屋や旅籠に挨拶に回る。

三日後、三人は、一年半前に不安な気持ちで上がった松戸の湊から、意気揚々と、大向いの渡し舟に乗った。

「アニキ——いよいよだなあ」

「いよいよさ」

「江戸に帰ったら、若い娘にきゃあきゃあ言われるぜ」

「きゃあきゃあかあ」

そう聞くと嬉しくなってくる。

なつかしい町の賑わい——楽しみだな、と又五郎は思った。

水戸往還を、わずか一日、千住の宿まで戻ってくると、ようやく江戸の匂いがする。

垢ぬけた水茶屋が並んでおり、江戸ぶりの小紋を着た美しい娘たちが客引きをしていた。

「千住じゃまだ江戸じゃァねえが、まァ、戻って来たな」

「まあ、カネはたんまりあるんだ。パアッとやろうぜ」

小鉄は明るく言う。

「いや、その前に」

又五郎は暗い顔をした。

「おいらにゃァ、やらにゃあならねえことがあるんだよなあ」

「ふむ、そのことでござるな」

左団次が口もとを引き締めて言う。

「さすがに江戸に帰ってえのに、親方に挨拶をしないわけにはいかないぜ」

「仕方がありませぬ。師への不義理は、後世の祟《たた》り。しっかりと挨拶してきてくだされ」

「叱られるだろうな」

「まあ、仕方ないでしょうな」

「ちぇっ。人ごとだと思って――」

又五郎は頭をかいている。

左団次は、にこりともせず言った。

「それだけではありませぬ。親方に許してもらわねば、師匠は、於奈津殿をもらい受けられませぬ。これは師匠にとっての男の義理――そうでありませぬか」

「ま、まあ、そのとおりだ」

二年前の約束だ。

男一匹、違えるわけにはいかないぜ。

(それにしても)

左団次は真面目に過ぎる。

そんなに殺気立った顔つきで念押ししなくてもいいではないか。

千住から奥州往還をわずか一里。又五郎は、坂本から上野山下を抜ける奥州街道沿いからしだりに折れ、下谷のごちゃごちゃとした町に入った。

なつかしい景色だ。

胸は、痛いほどに高鳴っている。

いくつかの路地を曲がって七軒町に入ると、路地に面した表店に、開け放たれた工房の軒先が見えた。

京屋の前に、しっかりと箍を嵌められた櫛板の束が、五つ六つと積んである。

結構な量だ。

ひとりでできる量ではない。

あの重労働——誰がやったのか？

誰か若い衆が手伝いに入っているのか？　それならいいンだが。

路地脇の窯から、黄楊のおがくずが燃える臭いが漂っている。

その臭いを嗅いだら又五郎、胃の腑をつかまれるような苦しさを覚えた。

ああ、二年ぶりだぜ——。

「アニキ、大丈夫かい？　まずはおいらが行って、親方に声をかけようか？」

角で立ち止まった又五郎に、小鉄は言った。

「い、いいや。大丈夫。これはてめえの仕事。親方への筋を通すぐらい、てめえでやるぜ」

自分に言い聞かせるように言う。

左団次は、そんな又五郎の背中を叩く。

「剣の極意《ごくい》は整息の術でござる。息を整え、試合の場に向かうがよろしい」

「し、試合って？　まあいいや。ありがとよ。やってみるぜ。すぅ、はァ」

又五郎は胸を押さえて大きく息をする。

九年も世話になった親方に、後ろ足で砂をかけるような真似をして、置手紙一つでこの工房を飛び出した。

今さら頭をさげても、許されるようなものではないのは充分承知だ。

（叱られるぐらいは何でもないが、拳固の十発や二十発は覚悟しなければなるまいな。武家ではないので腹を切れとは言われまいが、指のひとつも落として詫びろと言われれば、断るわけにはいくまいぜ――）

そンなこんなが頭をめぐり、全身にびっしょりと汗をかいてしまった。

「よしッ」

気持ちを静めて、気合を入れ、一歩路地を踏み出したとき、がちゃああん、という音が工房の中から響いてきた。

「お父ちゃんのわからずや！」

「てめえ、ふざけやがって、この野郎！」

思わず、三人、顔を見あわせる。

どかん、ばりん、と派手な音。

どう見ても、中で於奈津と親方が喧嘩をしているようすだ。

トンカチやら、桶やらを投げ合っているのか、路上にぽんぽんモノが飛んでくる。

近くにいた近所のオヤジやオカミさんたちが、額を寄せてひそひそと言った。

「あらら、また始まったよ」

「今度はケガ人が出ないといいンだけどね」

ぴゅーっと、鉋が飛んできて、路地の猫に当たった。

ぎゃう！

猫も災難だ。尻尾をまるめて走って逃げる。

「アニキ、気を付けて」

「怪我はせぬように」

小鉄と左団次は遠巻きに言った。

又五郎はふりむいて、しっかと頷いてみせて、じりじりと工房へ近づく。

すると中から、きりっとした江戸小紋を身に着けた商家の旦那風の若い男が、すっと出てきた。

「あははは。結構、結構。今どきの商家の女房はそれぐらいの元気があるほうが、奉公人に睨みがきくってモンでございます」

と鷹揚に笑いながら、裾を払っている。

ずいぶんと見栄えのいいヤサ男だ。

すぐに工房から、源兵衛親方が飛び出してきて、不器用に頭をさげた。

「わ、若旦那。わざわざ汚ねえところまでお運びくださったのに、ウチのバカ娘の無礼なことで申し訳ありません。こんな話、鉦《かね》や太鼓でも見つかるまいに」

「いいんです、いいんです。これはわたしが望んだことです」

男は白い歯を見せて笑う。

「しかし若旦那。本当にいいんですかい？　白木屋といえば、日本橋でも指折りの大店だ。そんな店の女房なんざ、ウチのハネッ返りが勤まるものか」

「何を言うのです。美人ってえだけじゃない。あのさっぱりとした気風に度胸――あんな女性は見たことがありません。どう見ても商人向きですよ」

「はあ」

「それにね、わたしが見たところ、最初にお会いした時と、少しずつ態度や言うことが変わってきている。わたしの誠意がだんだん通じてきたということです。間違いない。於奈津さんはだんだん、わたしのことを憎からず思ってきております」

「そ、そういうモンですか」

男はつるつると歯切れよく語り、親方はただ恐縮している。

「親方殿は何も心配いりませんよ。わたしは於奈津さんを好いている。一生大事にしますし、カネには一生困らせませんからね」

それを、又五郎はあんぐり、と口をあけて見ていた。

それに気が付いた源兵衛親方が、あっ、と目を見開いて叫ぶように言った。

「て、てめえ、又五郎！」

その瞬間、又五郎は反射的に膝をつき、土下座をして額を道にこすりつけた。

「親方！」

「この野郎、今更なにしに来やがった」

「お、お詫びに罷り越してございます」

「な、なにをう！」

源兵衛と又五郎は、七軒町の道の真ン中で、睨み合う形になった。

なんだなんだと、近所のおばちゃんおっちゃんが集まってくる。

「又五郎だよ――」

「なんだ、又五郎さんかい。ずいぶんと痩せたねえ」

さわさわと声が聞こえる。

「て、てめえ。さんざん育ててやった親代わりのおいらを見捨てておいて、よくもそのツラ見せられたな。てめえがいなくなってから、京屋はしっちゃかめっちゃかよ」

「も、申し訳ございません」

「それになんだ。二年間、苦労に苦労を重ねて、やっと、ここにいる白木屋の若旦那のおかげをもって職人や下働きの手配もできて、すべてが上手く行きそうだってぇときに、戻ってきやがって――てめえは疫病神か！」

親方の怒りは止まらない。

又五郎は必死で頭をさげる。

すると、そこにいた若旦那は、

「ほう」

と言って近づき、又五郎を見下ろした。

「あんたが、又五郎かい」

「へい」

「今頃戻ってくるとは迷惑千万。しかし、遅きに失しましたな。京屋さんと手前、白木屋松《まつ》右衛《え》門《もん》の結納の議、めでたく執り行われたところでございますよ。あとは日本橋と下谷の顔役にずらっと集まってもらって祝言をあげて、於奈津さんの輿入れを待つだけのところ。いまさらあんたの出番はありませんよ」

「えっ」

思わず、又五郎は顔をあげる。

「ほ、本当？」

そんなことになってンのか？

「ほう」

そんな又五郎の顔をじっと見て、若旦那は言った。

「ずいぶんと見栄えのいい男じゃァないか。こりゃぁ、於奈津さんが熱をあげるのもわかるってもんだ。しかし残念ながら、埃まみれのヤクザ者じゃあ話にならない。於奈津さんはカタギの商売人のわたしが、しっかりと幸せにしてご覧に入れる」

「や、ヤクザ者じゃあねえや！」

又五郎は、顔をあげた。

騒ぎをききつけて、奥からガタガタと於奈津が出てきた。

於奈津は路上に手をついて、土下座している又五郎を見て、

「ま、又五郎さん」

と言ったまま絶句した。

「あ――」

その姿を見て、又五郎は言葉を失う。

桃の派手な小袖に、粋な帯。

しっかり結い上げた島田に、きれいな錺《かざり》のついた簪《かんざし》を挿している。

眉をととのえて、薄く化粧。

美しい。

その場に、ぱっと花が咲いたようだった。

おお、と野次馬から声があがる。

「あれが下谷小町かあ」

「噂通りの美人だなあ」

ため息がもれる。

又五郎は、思わず胸を摑まれたような気がした。

二年前、夕闇迫る薄暗い下谷稲荷で、

「どうだ、あたしを嫁にしたいだろう？」

と迫ってみせた於奈津は、化粧っけなどまるでなく、顔は井戸水で洗っただけで、髪もまるっとまとめて箸簪をぶッ挿していただけだった。

着物だって粗末なもので、足元には草履どころか雪駄のようなものをつっかけていた。

けれど、その尖った鼻先と、濡れた真っ黒な瞳はどこまでも美しかった。男の子みたいな顔だったけど、言葉を失うほど整って見えた。吸い込まれるようだと思った。それで充分だった。

しかし、二年ぶりに見る於奈津は、全然違う。

しっかりと磨いた肌が光って見える。

すっかり大人の女だった。

ちいさな唇には紅を塗って。

いろんな座敷で、さまざまな花魁や太夫を見たが、その誰よりも上品で、落ち着いて、美しく見えた。

なんということだ。

自分が、蚊が飛び回る田舎町や場末の飲み屋で、泥にまみれて修業している間に、於奈津は、都会の金持ちの男と縁づいて、すっかり洗練されていたのだ。

ああ、なんて自分はバカなのか。

於奈津はとっくに、都会で多くの求婚者を相手にしているうちに、しっとりと大人の女になっていたわけだ。

「どうだ」

白木屋の跡つぎだという男は言った。

すっと、於奈津の横に立つ。

なんとも洗練された、若い夫婦に見えた。

美男、美女——どう見てもお似合いだった。

うう、と胸がよじれるように苦しい。

又五郎は、思わず自分のなりを見た。

薄汚れた古い縞の服、すっかり伸びた月代、旅の泥に汚れた脛まわり。

う、うす汚ねえ。

「白木屋で揃えた桃の小袖だ。帯止めも、簪も、すべてわたしが揃えたのだ。美しかろう。於奈津さんのような上等な女には、このようなものが似合うのだ」

「――――」

「わたしがついているからには、於奈津さんも、実家の京屋も、源兵衛親方も、一生食うに困らない。わたしがすべてを守る。なぜならわたしにはその力がある。その器量がある」

絶句している又五郎に、

「貴様はまともな正業もない。お笑いなど、ひと様に言える仕事などではあるまい。これ以上、京屋に迷惑かけることは許さぬ。去れ」

と言った。

一言もない。

そうか。

小鉄が、最近江戸から手紙はないと言っていた。

こういうことか。

するとその時、於奈津がぱっと簪をとってほうり投げると、

「なに言ってンの――」

と言った。

はすっぱな態度で、

「調子に乗ってンじゃないよ、この惣領の甚六が」

と吐き捨てる。

「父ちゃんも父ちゃんだよ。すっかり周りに言いくるめられちゃってさ。なによ、あの結納は。すっかり騙して！」

「なんだと、てめえ」

「お、於奈津ちゃん。騙したわけじゃァないよ」

「なにを言ってるンだよ。池之端の雁鍋《がんなべ》で、おいしい鍋食わせてくれるってえんで出かけたら、両家の親族がずらっといただけじゃないか。あんたのバアちゃんに泣いて喜ばれちゃァ、あの場で断るわけにゃァ、いかないじゃないのよ！」

「そ、それは」

「あんたね、あれは卑怯だよ」

「お、於奈津ちゃん。こんな天下の往来でそんなこと言わなくても――」

「あんたがいい男だってのは認めるよ。あたしを好きだっていうのも、悪かァ、ない。しかし、あれはダメよ。いい？　あたしの旦那になる男はね、野暮はダメ。粋でイナセでいい男じゃァなくちゃダメなのよ」

「粋で、イナセで、いい男」

白木屋は泣きそうな顔をした。

「於奈津ちゃん。わたしは、粋でイナセでいい男だよ。毎日ちゃんと髪結にも行っているし、根付も煙管も一流の職人のものを使っている。着物も帯もオシャレだし、芝居に浄瑠璃、小唄に三味線――こんな粋人、なかなかいないさ」

「だーかーらー、そういうのは粋でもイナセでもないの！」

於奈津は、仁王立ちして言った。

「世界で一番、粋でイナセでいい男はね――父ちゃんよ！」

「お、親方？」

「又五郎さんはね、隅から隅までお父ちゃんとそっくりさ。だから惚れたのよ」

「ば、バカ言え！」

横から叫ぶように言ったのは、京屋の源兵衛親方だった。

「誰が、こんな半端モンと似ているって言うんだ！」

「そっくりじゃない」

「どこがだ！　おいらがこいつがいなくなってから、どれほど苦労したか」

源兵衛親方は言った。

たしかに、親方に似合わぬ饒舌である。

苦労したのだ。いや、させてしまったのだ。

「こんな裏切り者、修業も半端に逃げ出しやがって。大事な京屋を継がせてやろうってえ話をしていたってえのに、バカにしやがって。許さねえ！　許さねえぞ、この野郎」

おお、やっと話がこっちに来た。

又五郎は目をぱちくりさせた。

そうだ、そうだ、おいらはここに、親方に謝りに来たのだった。

目の前に起きていることがいろいろありすぎて、一瞬わすれていた。

「そ、そうだ。親方。その通りでござんす。重ね重ねの不義理、申し訳ございません――」

又五郎は改めて頭をさげる。

「おいらが江戸を出奔したるは、武左衛門以来百年途絶えた江戸の話芸の再興を、下谷の稲荷に祈念たてまつり、願わくは、話業再興、この大江戸に、お笑いの花を再び咲かせるためにございます」

「なんだとう」

「恥ずかしながら又五郎、このたび、二年間に及ぶ、武州越ケ谷、総州松戸における修業を終えて、江戸に戻りましてございます。水戸の御家老にも、印可、てえ大層なもんを戴きました。手前、勝手ながら、江戸府中におきまして、二年前の敵討ちの勧進を仕掛けるつもりでござんす。許してくだせえとは申せませぬ――。ただ、ただ、江戸に戻り、町ン中を、歩かせていただきますことのみを、お許しくだされ」

「て、てめえ」

「手前、恥ずかしながら、十三の折より親方に育てられたものでございます。親方のお許しがなければ江戸の府中を歩けませぬ」

ふたりはじっと見つめ合った。

「てめえ、於奈津は嫁にゃァ、やらねえぞ」

「不義理の重ねを、申し訳ございやせん――。二年前の約定にて」

顔をあげて、ビッと於奈津の顔を見る。

於奈津の目はまっすぐに、又五郎の目を見ている。

まっすぐで、真っ黒な瞳。

下手なことは言えねえぜ。

いつだってこの目にゴマカシはきかねえンだ――と又五郎は思った。

親方は、地から湧き出るような重い声で言った。

「うるせえ、又五郎！　おいらの大事な娘はな、半端モンにゃァ、触れさせねえ。修業を途中で投げ出すような、そんな男にゃ、渡さねえ」

怒りのあまり、血管がくびに浮かび上がっている。歯が欠けているから、聞き取りづらい。それでも又五郎、必死で耳を傾ける。

親方は、不器用に続けた。

「いいか、又五郎。生きるってえのは、そりゃァ苦しいもんだ。若え頃に、心の中にある『言い訳』ってえ阿片《アヘン》に毒された半端モンはな、いつか必ず、生きる苦しさに負けて、あれやこれやと言い訳をしては楽に逃げこむ。女房子供を育てるてえ、お天道様との当たり前の約束から、言い訳まみれで逃げ出そうとしやがる。そういう半端なクソ男のせいで不幸になった女子供を、おいらはこの町で、たくさん見て来たんだ。於奈津だけは、そんな男にゃァ触れさせせねえ」

「一言もねえ！」

又五郎は言った。

「確かにおいら、年季があける前に京屋を抜け出した。それは言い訳できねえ。だけど、親方。おいら、あんたの弟子だぜ。半端な男じゃねえ。てめえに言い訳して、生きることから逃げるような男じゃねえ」

すると横から白木屋が言った。

「黙れ、貧乏人。お笑いなんざ身分も低けりゃ、カネももうからない。そのうえ、奉行所のお達しを犯さにゃあならない。そんな不良どもの道楽を、どうして認められるって言うンだ。於奈津さんはな、カタギのわたしが日の当たる場所で、ちゃーんと幸せにしてやる。わたしは於奈津さんの力を借りて、白木屋を江戸で一番、いや日の本で一番の商家にしてやるつもりだ。黙って見ておれ」

「憚りながら、奉行所がなんと言おうが、身分がなんだろうが、関係ねえ」

「なんだと」

「親方——返す返すの不義理に不孝。誠にもって申し訳の言葉もねえ。けれどおいらも江戸っ子、ここで引いたら男がすたるんだ。二年前の約束なんだ」

「て、てめえ」

「恥ずかしながら改めて、男一匹、京屋又五郎改め三笑亭可楽——江戸に戻ってございます」

と、又五郎は頭をさげ、さっそうと立ち上がる。

「小鉄、左団次」

と叫ぶが早いか、野次馬の間からふたりが躍り出てきた。

「アニキ！」

「師匠」

又五郎を真ん中に、小鉄に左団次、大見得切ってそろい踏み。

「親方。見ていてください。いまこそ、おいらが旗を揚げるときでござんす」

小鉄が得意満面で言う。

「わくわくするぜ！」

左団次も顔色一つ変えずに、低い声。

「望むところでござる」

チョーンと拍子木でも鳴りそうな勢いだ。

野次馬どもが、わっと歓声をあげた。

「わははは、こいつは豪儀だぜ！」

「楽しみだ」

「こ、こいつ——」

「ふざけやがって」

源兵衛親方と白木屋は、思わずその場に立ち尽くす。

於奈津は、思わずあきれ、こう言った。

「なんだい、がっかりだね。二年経っても、全然変わってない。お調子者のバカのまんまじゃないか」

「うるせえ、於奈津。変わったのはナカミだ。黙って見てやがれ！」

又五郎が胸を張って啖呵を切ると、於奈津はたまらず口元を緩ませて、ふふ、と嬉しそうに笑って見せた。


「可楽——聞いたぜ。越ケ谷、松戸の川沿いじゃァ、ずいぶん名を売ったらしいな」

立川焉馬は言った。

場所は本所相生町の竪川べり、中村屋敷である。

以前と変わらず、あたりには杉材のさわやかな香りが漂っている。

「それに下谷の七軒町の件——」

横には、にこにこ顔の大田南畝。

「派手にやったなあ。噂好きの江戸っ子の話題だぜ。三笑亭可楽が、白木屋の若旦那と、下谷小町を嫁に賭けて府内で興行をしかけるってな」

「まあ、売り言葉に買い言葉といいますか」

又五郎は頭をかいた。

「少しは宣伝にもなるかと」

「てえしたもんだぜ」

ふたりはくつろいだ表情で、井戸で冷やした鹿島の酒をやっていた。

最近本所あたりでは鹿島講が流行りだそうで、常陸の酒を持ち込む奴がいるらしい。

アテは塩で揉んだ茄子の浅漬けである。

「まァ、呑みな」

「へえ――」

又五郎は恐縮して、猪口を受ける。

「二年前の若造が、ずいぶんといい男になったじゃァねえか」

焉馬は笑う。

「恐縮です――」

又五郎は頭を掻きながら、そんなに変わったかな、と思った。

しかし、それを言ったら棟梁も旦那も、きっちり二年は年を取った。

髪には白いものが目立つようになり、目じりの皺も深くなった。

（懐かしい――）

又五郎は、ある感慨を持ってふたりの顔を見た。

昔は、違う世界に住むオトナたちとしか見ていなかったこの先達を、今はどこか同志のような親しみを持って見つめている。

川沿いで聞いた若い頃の焉馬は、とんだ不良だった。

今は堅気の棟梁で、公儀小普請役なんぞに収まっているが、最初からそうだったわけではない。必死でお上に抵抗しながら、軽口剽軽の火を絶やすまいと、陰に日向に努力してきた戦う芸人だったのだ。

「で」

焉馬は冷酒をきゅっとやる。

「府外でおいらたちの昔なじみに会ったって？」

「へえ。越ケ谷じゃァ、小島の芳太郎親分。松戸では布川屋太兵衛親分に、ずいぶんとお世話になりましてございます」

「ふうむ」

焉馬は遠い目をする。

南畝が、懐かしげに言った。

「――小浜の芳太郎に、口縄の太兵衛だな。立派な名前になりやがって」

「ううむ。こりゃ、折をみて、わしらも挨拶に出向かにゃなるめえな」

「よろしくお願いいたします」

又五郎は、素直に頭をさげる。

「棟梁に印可をいただいた山生亭花楽てえ名前、勝手に字面を変えやして、申し訳ございません」

「なに、そんなことはいいやな。水戸の山野辺様のお墨付きだろう。こいつァ、看板だぜ。それよりてめえ、江戸に戻ってきやがって、いきなり派手に寄席を張ろうってのはマジかい？」

「へえ。マジもマジでございやす」

又五郎は上目づかいに言った。

「山野辺様にも、布川屋の親分にも約束いたしやした。必ず江戸で旗ァ、あげてごらんに入れますと」

「下谷稲荷の敵討ちってわけだな。だが、今はどうかな。時期が悪いかもしれねえ」

大田南畝はふわりと言った。

「どういうことでございましょう」

「北町奉行の小田切土佐さ」

「小田切様——まだお役目でいらっしゃいますか」

「ああ」

南畝は説明する。

「小田切土佐は、今でも江戸の町を切りまわしていやがる。白河公が失脚したあと幕政を握っている小伊豆（松平信明《のぶあきら》）や戸田采女《とだうねめ》（氏教《うじのり》）のお気に入りだ。江戸市中の風紀の取り締まりをがっちりやって、お上の覚えがよければ、次の老中だろうよ」

「つまり——」

「まだまだ、おいらたちのおフザケを、取り締まる気満々ってわけだ」

「おいらの〈噺の会〉も目の仇で、禁止の憂き目。たかだか旦那衆の同好の寄り合いにすぎないのにな」

「ふむ」

又五郎は腕を組んで指を唇に当てて考えた。

どうするか……。

しかし、又五郎の気持ちはもう、前のめりになっている。

カタをつけるにゃァ、今しかない。

「旦那。おいら越ケ谷や松戸の芸人どもに誓ったんでさ。江戸に勧進の旗を立て、川沿いで待っている芸人どもの居場所を創るって。淡雪のジジイにも言った――。淡雪のことはおわかりで？」

「わかるさ。青木新左エ門だな。丹羽家の家臣だった」

「へえ。奴ァ、男だった。てめえの洒落に命がけで意気地を立ててやがる、食えねえジジイでしたがねえ。でも、もし、おいらが今ビビッて江戸に旗を立てなけりゃ、奴に嗤《わら》われるでしょうねエ」

又五郎は、畳にこぶしを押し付け、切るように言った。

「ここでおいらが立たなけりゃァ、とんだ不義理で、男がすたる！」

「ふむ」

焉馬は腕を組んで南畝を見た。

南畝は軽い調子で、言う。

「いいンじゃねえか」

「大田の――」

「鹿野武左衛門以来、百年――そろそろ江戸にも、まっとうなお笑い興行が復活していい頃だ。お上がだめだって言うから、やりたいことをやらねえのか？　それもだらしがねえ。誰かがやらにゃァ、ずっとこのままさ。どうせなら、おいらの目の黒いうちに、お天道様の下に、江戸者の洒落噺の旗が立つのを見てえってモンだ」

南畝は笑う。

その言葉に悲壮感はない。

「それにな、江戸の町の空気は二年前とは違うぜ。そもそも大樹公（将軍）からして、もう倹約にはあきあきで、贅沢したくてたまらねえご様子。マジメ一本槍の公儀のお偉方への不満は溜まりにたまっている。いまこそ時勢を一歩前に進めるときなンじゃねえのかね」

南畝はそう言いながら箸をとり、ちょいとツマミの茄子を醤油につけて、口にほうりこみ、音を立てて、きゅっ、きゅっ、と、うまそうに食う。

焉馬を見て、からかうようにこう言った。

「ノリちゃん。怖いかい？」

「なにを、てめえ。誰を見て言ってやがるンだ、この野郎」

「じゃァ、ひとつ、やってやろうじゃねえか。天下の小普請役中村英祝と、勘定役の大田南畝がケツを持つ。このイキのいい若造に江戸のハナシの復活を一丁賭けてやろうじゃァねえか。なあ、ノリちゃんよ」

「本名で呼ぶな。立川焉馬と、雅号で呼べ」

焉馬は、満足げに笑うと、

「俺を誰だと思ってやがる」

と胸を張って見せた。

「ふふふ」

南畝は肩をすくめて言う。

「そうこなくっちゃならねえぜ。お互い、安永天明の頃にゃァ、吉原を根城に、天下を騒がせた天狗連。今じゃあ、年をとって、女房に子供にお役目と、ずいぶん贅肉もついたもんだが、この若造を男にするぐれえはちょろいもんよ」

「面白くなってきたな、大田の」

「その名前、どうにも重いな。しばらく山手馬鹿人に戻ってやるか」

開けっ放しの障子の外は竪川の堀である。

ぴぃっ。

鶸《ひわ》の親子が水面を鋭く飛んで行った。


それから話は急に動いた。

深川の中村屋敷から、江戸じゅうの好事家に、使者が飛ぶ。

興行を打つ場所は下谷広徳寺、チラシを刷るのは錦町の弘文堂《こうぶんどう》、弁当を入れるのは広小路の庭《にわ》津《っ》亭《てい》、酒の手配は浅草の越前屋。

「こいつはどうにも豪勢だぜ」

又五郎も目が回る思いだった。

たかが職人あがりの若造の勧進には、大げさすぎないか。今まで、祭りの仮小屋やら、花街の宴席やら、どちらかというと、場末でやってきた身上である。

「広徳寺ですか。どうにも身分違いじゃァありませんかね」

そう言う又五郎に、南畝は、

「これでいいんだよ」

と笑った。

下谷稲荷は狭すぎる。

二年前ならいざ知らず、名の売れた今ならもっと広い場所――。

下谷で広いと言えば、確かに広徳寺になる。

それはわかるが、どうにも格が高すぎる。

興行は一月《ひとつき》先だというのに、そこはせっかちな棟梁だ。

あれよあれよというちに、境内の孔雀《くじゃく》茶屋《ぢゃや》を借り切って櫓が組まれ、可楽一座の幟が立った。

「早すぎるわ！」

又五郎は思ったが、止まらない。

「可楽、噺の会からも旦那衆が、タスケで出てやるぜ！」

「ちょ、ちょ、ちょっと待ってくれ！」

又五郎は必死で言った。

「今回は、おいら、小鉄、左団次の三人でやりてえ。助けてくれるのは嬉しいが、タスケは遠慮してえ」

「えー。せっかくみんな盛り上がってンのに。しかし三人じゃア、足りないぜ」

「ううう。そりゃア、そうだ。こうしよう。焉馬の棟梁と南畝の旦那は看板だし、師匠筋。おふたりだけにお願いするぜ」

「ちぇっ、ケチな話だ。――しかしわかったぜ、こいつはお前の勧進だ。言うとおりにすらあ」

そんなこんなで出演は、又五郎に、小鉄、左団次、南畝に焉馬となった。

「ええっ、拙者もでござるか！」

驚いたのは左団次である。

「小鉄殿は松戸で怪談を仕込んでいらっしゃった。しかし、拙者はこの半年、ずっと刀を持って、師匠の用心棒をしてござった。今さら何をやれと」

「今度は二年前の下谷稲荷の仇討ちだ。てめえが出なくてどうすンだ」

「拙者ができるのは『恋女房川越之桜』だけでござる。それでよろしいのでござるか」

「しかたねえ。いいか、この二年間、おいらたちは死ぬも生きるも一緒だったんだ、今更ケツまくろうとするんじゃねえ」

「け、ケツなどまくろうとはしておりませぬ」

「左団次――てめえ、越ケ谷でおいらの弟子になったンじゃねえのか？　おまえが出なけりゃ、おいらの仇討ちは完成しねえ。師匠の命令だ。だまってやれーい」

「そ、そんな」

左団次、黙って下を向いてしまった。

それを見て、小鉄は明るく言った。

「いいじゃねえか。左団次――てめえは『恋女房川越之桜』を語りでやれ」

「えっ」

「あれは、おまえが作ったハナシなんだろう。誰に遠慮がいるものか。アニキにおいらに、旦那に棟梁、みんなハナシをやるのに、左団次だけが半分娘の扮装で寸劇やるのは厳しい。じゃあ、ハナシにしちまえばいいじゃないか」

「そんな」

「大丈夫」

又五郎も言った。

「てめえなら、大丈夫」

その眼を見て、左団次は覚悟を決めたように頷いた。

「しょ、承知」

「そう来なくっちゃ」

「生まれ変わるつもりでござる――」


棟梁が手配した弘文堂刷りのチラシが、江戸じゅうにバラまかれた。下谷、両国、浅草の広小路に、焉馬棟梁のところの若い衆が出て、盛んに宣伝をする。ちらしには、三人の男がおちゃらけている顔が描かれ、真ん中に、

可楽一座

とある。

そして両脇に、

府外川沿軽口剽軽筆頭
あっと驚く三題噺

と、大きな文字。

「ありゃー」

又五郎は額に手をあてた。

どうにも大げさだ。

「これじゃァ、ますますしくじるわけにゃァ、いかねえぜ！」

いや、もともと三題噺はやるつもり。

逃げるつもりは毛頭ない。

ただ、こう、ここまで大ゴトになっちゃうと、どうにも重荷だ——。

江戸に戻って以来、焉馬師匠の屋敷に部屋住みをさせてもらっている又五郎は、小鉄、左団次と連れ立って帰る道筋の、神社という神社、やしろというやしろに賽銭をぶちこんで、神頼みをする。

「アニキ、賽銭の撒きすぎだ」

「うるせえ、こうなりゃ、神頼みしかねえだろうがよ！　かしこみ、かしこみ奉る！」

「どうにもヤケクソだなあ」

「どっかに、頓智の神様はいねえもんかなァ？」

「聞いたこともねえよ、そンな素っ頓狂な神様は」

通りかかった広小路で、棟梁の店の若いもんが、盛んにチラシを配っている。

「三題噺の三笑亭可楽、大江戸初の興行でございます」

「広徳寺様で勧進いたしまする、見たこともない、軽口剽軽にございます」

「馬喰町生まれの下谷育ち、正真正銘の江戸っ子、三笑亭可楽の三題噺にございます」

江戸っ子たちの期待は高まった。

「もう、神頼みしかねえよ。手ぐらい、いくらでも合わせてやるぜ！」

【九】 偉そうな奴らに見せつけろ

又五郎は下谷広徳寺の山門の上にあがって、江戸の町の屋根のつらなりを眺めていた。御書院組の組屋敷の屋根越しに、上野の山の銀杏《いちょう》が色づいているのが見える。

「ああ、江戸だなァ」

又五郎は、思った。

江戸の風物は、すべて屋根越しに見える。

海も、山も、お城も、花火も。

それがなんだか、面白い。

考えてみりゃ、江戸の連中は、どいつもこいつも屋根の下。

狭い部屋に住んで、狭い路地を行き来して、狭い空の下で泣いたり笑ったり。

空が広く出来ている田舎じゃあ、想像もできないことである。

「アニキ、そんなとこで何やってンだ」

小鉄に声をかけられて、はっと見下ろす。

材木を抱えて鉢巻を締めた小鉄が見上げていた。

「ひさびさに、松戸の川っぺりみてえな広い空を見たくてな――」

「しっかりしてくれよ、寄席まであと半月だぜ」

「わかってるよ」

又五郎は、大きく伸びをして屋根の連なりを改めて見る。

（はたして、これだけの人が住んでいるお膝元で、この可楽が、きちんと評判をとることができるのかなア）

しかしまあ、もうやるしかないのだ。

又五郎は、えいや、と気合をいれると山門を降り、孔雀茶屋の二階に戻った。

広間では小鉄と左団次が筆を持って、慣れない手つきで〈書き割り〉を描いている。

「よっしゃ、手伝うぜ」

と、又五郎が絵筆を取ったときだ。

わっ、と開けっ放しの窓の外から、騒ぎの声がした。

「ご無体でございます！」

「無理をなさらずに」

どうやら、棟梁の所から手伝いに来ている若い奉公人たちの声だ。

思わず三人、顔を突き出して外を見る。

すると、広徳寺の広い境内に、びっしりとお役人がひしめいている――。

（ええっ、いつの間に？　ついさっきまで、こンな連中いやしなかったのに）

又五郎は、慌てた。

よく見ると役人連中は、鉢巻きタスキに、手には十手や刺叉《さすまた》、棍棒《こんぼう》を持って――いわゆる捕り物装束をしている。少し下がったところに黒の羽織姿の同心ども。さらにその奥には、朱塗り笠をかぶった身分の高そうなサムライもいる。

「むむッ」

「え、ええ〜、マジかよ」

左団次と小鉄が、顔を見合わせた。

「たがか、若造の勧進に、町奉行が出てくるってえのかよぉ？」

泣きそうな声で、小鉄は言った。

百年前、鹿野武左衛門は流罪。

二十年前の土山宗次郎は切腹。

青木新左エ門は江戸立ち退きになった。

今度の三笑亭可楽は、どんな罰を受けるというのか。

青い顔をしている小鉄の横顔を、茫然と見ながら、

（なんだろう——むかつくぞ）

と、又五郎は思った。

なんだかすごく、腹が立ってきた。

（捕まる？　捕まるだとう？　なんじゃ、そりゃ！）

自分たちは何も、悪いことなどしていない。

この江戸の町で、さんざん松戸で修業したてめえらの芸を、屋根の下しか知らねえ連中に披露してやろう、その程度のことである。

（ふざけンじゃねェぞ）

越ケ谷、松戸で出会った芸人たちも、こうやって江戸を追い出されたのだろうか。何も悪いことはやっていないのに。

「あ、見ろ」

小鉄が指さした。

役人どもを押し分けて、紋付姿の同心らしき男が進み出てくる。

書状を広げ、孔雀茶屋の前で、中にいるであろう又五郎らに向かって高らかにこう告げた。

「北町奉行小田切土佐守様お達し――。江戸府中において公序良俗を乱す風俗芸能の興行停止いたす旨、高札にて告知せしめたにもかかわらず、ここに三笑亭可楽なるもの、軽口剽軽を旨とし、公儀を軽んじ、世俗を誤らしめんとするたくらみ、誠にけしからぬ振る舞い。ここに直々に、お叱り奉る。みなのもの、恐れ入れ、恐れ入れーい」

下働きの若い衆たちが、手にした箒や塵取りなどを放り出して、平伏する。

それを見た又五郎は、

「ちょいと待ってくんな！」

叫ぶが早いか、威勢よく二階から飛びおりた。

「ちょっと、アニキ、待てよ」

小鉄が言ったがもう遅い。

「どうしよう。アニキの顔つき。すっかり頭に血が上ってやがる。アニキのことだ。頭にくると、後先考えずに素っ頓狂なことをやりやがる。変なコト言って斬り殺されたら大ごとだぜ……」

それを聞いた左団次はすぐに、奥の床に置いてあった刀を手に階段を駆け下りる。

「左団次！」

左団次は、玄関から出て、大股で近づき、役人と対峙している又五郎の前に割って入った。

「待て」

刺すように又五郎は言い、臍下丹田《せいかたんでん》に力を入れ、大きな目玉で周囲をにらみつけるようにして、大声で見得を切る。

役人の周りには野次馬どもがいる。

この野次馬どもに聞こえるようにするのが、肝要だ。

「お集まりの皆様、ずずずいーとご覧あれ！　見えぬものは声に聴かれーい！　罷り出ましたこの男。生まれは江戸の馬喰町。育ちは下谷の七軒町。水道の水で産湯を使い、生まれたときから根が軽く、口から出るのは剽軽ばかり。サンショは小粒でもぴりりと辛い、三笑亭可楽と申しまする。以後お見知りおきくだされーい」

手に棍棒を持った役人どもは微動だにしないが、周囲を取り囲んだ野次馬どもが、わあっ、と歓声をあげて拍手した。

いいぞ、という掛け声も飛ぶ。

さきほど小田切土佐の口上を述べた黒紋服の同心らしきサムライは、町人どもの歓声に気圧《けお》されたのか、しばらく黙っていたが、騒ぎがやや静まると、気を取り直して進み出る。

「可楽、よっくと聞け。ご公儀、北町奉行小田切土佐守様のお達しである。こたびの市中騒乱の企て、誠にけしからぬ。神妙にいたせ」

「これはしたり」

すかさず又五郎は、芝居じみた声を出す。

役人ども相手にまともに話していたのでは、お縄になってしまう。

大げさに、直接、野次馬の町人どもに訴えるのだ——又五郎は裸足で砂利を踏みしめた。

「手前、水戸徳川家筆頭仕置家老、山野辺彦左衛門様より〈府外川沿軽口罰軽筆頭〉の印可をいただき、縁あって勧進したるものなり。いわれなきものにあらず！」

ここが勝負と、鍛えた声を張り上げる。

「町奉行様におかれては、水戸徳川家と相争う覚悟はおありか」

大名家家老は、旗本から見れば陪臣であり格下であるが、それが天下の御三家水戸徳川家となれば話が違う。

実際のところ、水戸家がそこまで町人の興行ごときを庇護してくれるかはわからぬが、この際、言ったモン勝ちである。

うっと、同心は言葉につまった。

又五郎、その呼吸を読んで、一気に踏み込んだ。

「お役人！　御用の議、北町奉行小田切土佐守直年《なおとし》様のお達しによるものと申された。しかしその旨、憚りながら多少の疑義がございまする。世に聞く小田切様は、天下の名奉行とお噂のおかた。そのような立派なおかたが、わたくしどものような若輩の、このような些細な場末の催しを、本気で取り締まるとは思われませぬ——」

又五郎は声を張り上げる。

「聞けばお奉行は、三年前、わが師匠筋にあたりまする立川焉馬を叱責のおり、浮かれた芸能は民を堕落《だらく》させ、ひとびとを不幸にすると申されたとか！　半竹な芸、分を弁えぬものは罪毒と申されたと聞きまする。よってお奉行が取り締まらんとするものは、さような芸にございましょう。なるほどわれらが半竹モノならお叱りも受けまする。しかし、憚りながらこの可楽、決して半竹なものではござりませぬ！」

背後に居合の型をゆるめぬ左団次。

玄関奥では小鉄が二階から降りてきて、袂《たもと》に小石を入れ、いつでも投げつけようと構えている。

「手前、二年前、下谷での勧進の折は、職人の仕事を持ちながらの芸人修業、分を弁えぬと謗りも受けましたが、今ではすっかり芸人でございます」

火を吐くように、又五郎は言った。

頭に血が上っている。

この際、言ったれ！　という気分だった。

「この可楽、根っこの根っこまでフザけてござる。一生フザけて生きていく覚悟！　それのどこが半竹か。お役人におかれては、何かの間違いでございましょう。どうか奉行所にお戻りいただき、小田切様ご本人に、ご確認いただきたい」

フザけのどこが悪い、と又五郎は腹の下でしぼるようにそう思った。

町人のおフザけを取り締まるようなお上は、どこか間違ってる。

野次馬の町人どもから、口笛がかかる。

「いいぞ、可楽！」

「根っからフザけてるたあ、粋な心意気！」

「こいつァ、面白れえ！」

町人どもが、わいわいと歓声をあげ、一気に騒然とした。

その様子を見て、

（江戸は変わった――）

又五郎は、そう思った。

二年前はまだ、緊縮と粛清を実施した白河公の影響下にあった公儀幕閣の力が強く、町人はじっと息をひそめていた。

しかし今は、もういい加減にこの息苦しい統制をやめてほしいという気持ちが町中に充満しているように思える。みな、自儘《じまま》な暮らしを謳歌したくてたまらないのだ。

その鬱屈は、もうのっぴきならないところまで来ているようだった。

うわああ、と歓声があがる広徳寺の境内の剣呑な雰囲気に、思わず役人どもは圧倒された。

その時、孔雀茶屋の中から、ふらりと大田南畝が進み出てきた。

粋な縞の着物、帯には洒落た根付に印籠をさげて、にこにこと笑って見せる。

「山手馬鹿人にございまする」

南畝は言った。

この興行を立川焉馬が後援していることは公然の秘密であった。だが焉馬は三年前の奉行所による叱責の罪がまだ消えておらず、主宰する〈噺の会〉も、禁止されたままだ。よって、表向き届け出に裏書しているのは大田南畝である。

それにしても、この場に及んでも本名でなく、フザけた高座名を語るとは、ひとを食っている。

南畝は、ひょいと頭をさげ、

「憚りながら公儀の勘定役を承ってございまする」

といらずらっぽく笑う。

「あ、市谷組屋敷にお住いの大田南畝殿でございますな」

「ここでは、山手馬鹿人と名乗ってござる」

「むむッ――」

「憚りながら、お役人様におかれましては、奉行所に戻られましたら、小田切土佐守様に、このように申してくださるよう。ここは、下谷広徳寺境内にございます。寺社境内は、町奉行の管轄にあらず。寺社奉行様の管轄にございます」

あっ、と又五郎は顔をあげた。

左団次も小鉄も、思わず口を開け毒気を抜かれた顔をする。

そうか。

だから南畝は、興行の場所を、両国や神田の料亭ではなく下谷の広徳寺にしたのだ。しかも広い門前の広場を使わず、手狭ではあっても山門内にある孔雀茶屋にした。全て、このためだったのだ。

「畏れながら寺社奉行様は町奉行様よりも格上にございます。小田切様におかれましては、大事のこのとき寺社奉行様と事を構えるのは、ご出世にかかわることかと。ええ、誠に憚りながら公儀勘定役山手馬鹿人、恐々謹言、御身お大事になさいませとお伝えください」

南畝は、腰を低くして、揉み手をせんばかりに役人に低頭して言った。それでいて、言っていることは脅しなのである。

食えない男だ。

江戸町奉行は江戸府中の治安を預かるお役目であるから、取り締まりのために寺社に立ち入ることはよくある。場所が寺社内であっても、僧職ではなく町人たちの事案であれば、町奉行が仕切ることもよくあることなのだ。

そこは公儀の、阿吽《あうん》の呼吸である。

それをわざわざ、荒立てるようなことを言う。

きっと南畝、裏では寺社奉行に手をまわしているに違いない。

「へえ。へえ。手前、お役目柄、勘定吟味役小笠原様、寺社奉行松平様とは懇意に。へえへえ、へえ。この町のあり様も、ひとつお伝え願えれば」

江戸町奉行と寺社奉行は、次期の老中の座をめぐる敵対関係にある。

そこをうまく使おうというのが見えみえだ。

老中ともなれば、市中の町民どもの評判も重要となる。

同心は、戸惑ったように、役人どもと、ひそひそ相談を始めた。

南畝も又五郎も、腰を低くして頭をさげている。

その背後で左団次は鞘に納めた刀を居合に構えたままだ。

やがて、相談が終わったのか、ひとりの役人が進み出て、叫ぶように言った。

「可楽とやら」

「へえ」

「憚れ。憚れーい」

それを聞いた又五郎は逆らわない。

砂利の上に、

「ははあ！」

と平伏した。

すると役人は、大声でこう言った。

「以後、よっくと、気をつけろ！　みなのもの、撤収じゃ！」

こうして、梶棒に鉢巻き姿の奉行所の同心たちは、ぞろぞろと広徳寺の境内を去っていく。同心どもの負けである。

取り囲んでいた野次馬たちから、わあああ、と歓声があがった。

呆然としている又五郎、左団次、小鉄に向かって、大田南畝は肩をすくめてみせた。

「さてと。こりゃあ、ますます、半端な芸を見せるわけにゃァいかねえぜ」

「はあ」

南畝は、思わず絶句している三人をあきれ顔で見ながら、

「わかってンのかねえ――おい可楽」

頭を掻いて、

「お奉行とかけて、なんと解く？」

とっさに慌てた又五郎。それでも必死に、

「え、ああ。その。うーんと、タタミイワシと解きまする」

と答えた。

「その心は？」

「どちらも、おシラスが大事にございます」

「ふむ」

南畝は頷いて、

「まああだな。どうやら大丈夫そうだ——気張りな」

といって吉原のほうへ歩いて行く。

「あー、浮世は面倒なことばかり。野暮なこった。クサクサすらあ。女でも抱いてくるとするか」


それからも可楽一座は毎日、朝から晩まで孔雀茶屋に集まって稽古にあけくれた。

それぞれ同じ題目をひたすらさらう。

まず、小鉄は松戸で覚えた怪談である。

一度越ケ谷の秤屋で見たが、同じ話を、さらに磨いていた。

あのとき、高座に出る前に、篠笛を用意して、ひゅううと不気味に吹いていたが、今度は小太鼓を用意している。どろどろどろ、と低く叩くのである。

「おいら、頓智が利かねえからハナシができねえ。小道具でなんとかしなきゃァならねえ」

小鉄は言うが、又五郎はそうは思わない。

ひねりはなくても、ぐっと話は面白い。なかなかなもんだと思うのだが、小鉄には小鉄の想いがあるようだった。

いっぽう左団次は、大田南畝に相談して、一つ芸の『恋女房川越之桜』をハナシに書き下ろしてもらい、それを実直に覚えていく。その稽古の声が、寺の坊主の経のように、朝に、夕に、孔雀茶屋に響いていた。

そして、又五郎も、毎日、稽古に明け暮れる。

しかし、なんといっても、三題噺は即席芸だ。

当日どんなお題が出るかわからず、稽古のしようがない。

とりあえず慣れるこったということで、小鉄にお題を出させては、そいつを頓智で解いていく。夜になれば焉馬に借りた古いハナシのネタ本を布団に持ち込んで、行灯を引き寄せて隅から隅まで頭に入れる。少しでも引き出しを増やしておこうという算段だ。

頭の中は頓智のことでいっぱい。メシやらなにやらをぼろぼろこぼし、道を歩けば棒にあたり、あげくのはてにはドブに足を突っ込む。

立川棟梁に、

「おいおい、可楽は大丈夫かね」

とあきれられるほどのものだった。

月代や髭は伸び放題。二年前の下谷稲荷で眉墨を塗って化粧をしていたとは思えぬ与太郎ぶりだ。

(かまわねえ。風呂なんざ、高座の前日に入りゃァいい。髭も髷もその日の朝で充分だ——)


そうこうしているうちに日が過ぎて、寛政十二年秋の長月、すすきの晩に、いよいよ寄席の開幕となった。

可楽と奉行所のやりとりも、すっかり話題となった。連日の宣伝も効いたようすで、下谷広徳寺の境内は、又五郎のハナシを聞こうという江戸っ子で大盛況となった。

孔雀茶屋に入りきれなかった野次馬どもが、境内の水茶屋に入って小皿叩いて酒を呑み、騒ぎだす始末。

寄席ではかつて見た神田の岡本万作の寄席に倣って、客の世話をする小僧を置き、茶と菓子を配らせている。縦長の広間の奥に高座をしつらえ、一番搾りの明るい行灯を四つ並べる。竹で升席を作り、座布団を所狭しと並べて、窓は開け放す。

客は百人もいようか。

みな、手に団扇を持って扇ぎながら、今か今かと芸人の登場を待っている。

「よし。客が入ったな。しょっぱなの太鼓を叩け」

又五郎が言うと、小鉄が楽屋で、つくてんと太鼓を叩いた。

期待に胸がふくらんだ客席から、わっと歓声があがった。

又五郎は胸がどきどきした。

こわいような。

わくわくするような。

（しっかりしろ——勝負だぜ）

足が震えそうになるのを、必死で押さえつける。

（江戸に、お笑いを創るんだ。大好きなお笑いで、カネを稼いで食って見せてやる。たとえ町人貧乏人の生まれだって、おいらにできねえことが、あるもんか！）

必殺『カラ元気』である。

又五郎は、がぶりと水を呑んだ。

「旦那、頼んだぜ」

「承知——」

本来なら前座を立てるべきであろう初っ端の口切を引き受けてくれたのは、山手馬鹿人こと大田南畝であった。

「長年、バカをやって生きてきた。もう年を取って、バカも出し尽くしたかと思っていたが、五十路を迎えて、こんな面白えことに出会おうとはなあ。せいぜい露を払わせてもらうぜ」

と手をひらひらとふりながら、高座に出て行った。

南畝は自ら座布団を置いて、その前にちょこんと座ると、にこにこと、

「本日は、三笑亭可楽が寄席勧進にお運びくださいまして、ありがとうございます。お初にお目にかかりますするは、山手馬鹿人と申しまする」

と言った。

満員となった客席は、わっと沸いて盛り上がっている。

みな、最初に出てきたこの壮年のハナシカが何を言い出すのか興味津々である。

年齢だけに落ち着いた声だが、しっかりと通る声でもあった。

「皆様、若造どもの威勢のいい芸を見に来たはいいが、こんなジジイが出てきて、さぞ驚きでございましょう。ですんで、ハナシなどという立派な芸は、若い可楽らに任せて、コトここに至る軽口剽軽のなりゆきてえものを、語らしていただこうかと存じます」

南畝はおもむろに、懐から扇子を出して、ひらひらと扇ぎながら、ゆったりと話し出す。

「いやあ、見れば見るほど、みなさん、イイ男だ。江戸の職人ここにあり。ここにいる町人の皆様が、この町を創ったのでございますな」

そのひとことで、客席は一体になる。

すばらしい呼吸である。

客席につめかけたのは、多くが町人。大工や商人。職人や左官や古手屋や道具屋。庶民たちなのである。

「そうなのでございます。元禄の昔の町方奴の時代から、天下のお江戸は町人の町でございます。お武家はご立派にえばってらっしゃいますが、所詮は田舎の仕送りで食っているだけの役立たずにございます」

「思い切ったことを言うなあ。あんた、ご公儀の役人じゃァねえのか」

気軽に客も声をかける。

「へえ、よくご存じでございますな。確かにこの山手馬鹿人、公儀勘定役のお手当をいただいております。が、ちょっと変わり種でございましてな。若い頃の無頼が祟って、これ以上の出世は望めぬ身にございます」

「ははは」

「生まれたときからフザけたことが好きでして。学問武芸は大っ嫌い。屋敷を抜け出し下町に出ては、洒落に狂歌に戯れ唄に、賭け事喧嘩に女遊び——まったくもってどうしようもない放蕩を尽くしてございます」

「粋なもんだな」

「だが、このようなバカは昔からいたようで。記録によれば、この日の本じゅうが戦で乱れていた、信長公や太閤殿下の時代から、軽口芸人がいたそうでございます。やがて神君家康公がこの江戸を開かれると、ひとがどんどん江戸に流れ込み、天下のお膝元を作り上げた。江戸に集まったひとびとは、マジメづらした朴念仁ばかりではなかった。フザけた軽口男もたくさんまじっていた。みな、汗をかきながらも、冗談を言い合い、笑いながら、元気にこの町を創っていった。

容易に想像できましょう」

その軽妙な語りに、ひとびとは聞き入っている。

「中には玄人はだしに喋りの上手な者がまじっていました。まあ、普通のことですな。ほら、みなさんの長屋にもいるでしょう。フザけてばかりのお調子ものが」

みな、心当たりがあるのか、ふふふと笑う。

お互い小突き合っている客もいる。

「みなさん、日々の暮らしの中で、冗談を言い、笑い合うは自然なことでございます。戯れごとを言って、苦しい暮らしをいっとき忘れ、また明日からの日々を頑張る。それがひとの自然な姿にございましょう――」

にこにこと笑いながら、南畝は続ける。

「江戸の開闢《かいびゃく》も、草創の混乱から始まり、やがてお武家が偃武《えんぶ》を閉じて、旗本奴が暴れ納めれば、やがてだんだんと町人が元気になりましてございます。将軍も五代目、綱吉公の頃になりますてえと、日本橋やら神田やらの町組もあらかた出来上がり、町方の軽口剽軽もだんだん形になりました。江戸に初めての軽口芸人、鹿野武左衛門の登場にございます」

「百年前かあ――」

「そうでございます。吉良《きら》上野介《こうずけのすけ》、大石内蔵助《おおいしくらのすけ》の時代にございますな。そのころにも、お笑いモノがいたのでございます。この男、もとは上方生まれの職人だったらしいのですが、根っから軽い口先男。江戸に出てきて、町じゅうの辻に立って、投げ銭で商売を始めたそうでございます。そのころ、上方で人気だった芸人、露の五郎兵衛と組んで、お笑いの本を出してございます。その名も『露鹿懸合咄《つゆしかかけあいばなし》』。これは今では手前ども〈噺の会〉の教本となっております。これが最初から最後までフザけた本でございます。安心しますなァ。百年前にもフザけた男はいたのでございます」

　南畝は言った。

　その語り口は柔らかいが、内に熱がこもっている。

　高座の袖の又五郎は、南畝の迫力ある語りに、半ば圧倒されながら聞いている。

「鹿野武左衛門の得意は、身振り手振りで面白可笑しく語るホラ話。やがて湯屋や料理屋にひとを集めて興行を打つようになります。たとえば、こんなハナシを得意にしたそうでございますよ。――ある日、芝居で馬を演じた粗忽者。かぶり物をして、馬の後ろ脚を演じたのだが、客席の仲間にほめられたのに気をよくして、おもわず、後ろ脚のくせに、ひひんと鳴いた――。百年前とは思えない。面白いハナシでございますな」

　南畝は続ける。

「ところが、当時のご公儀は何か変でしてな。浅野や吉良の処分もそうでございますし、お犬様のお助け小屋の件も、みなさまご存知でございましょう。武左衛門のフザけが気に障ったのか、興行は禁じられ、大道芸人どもは町内の秩序を乱す毒物として、身分を町人以下の賤民と定められた。武左衛門は、伊豆大島に流罪となりましてございます。以来、江戸市中において、軽口剽軽はご法度となりましてございます」

　しん、と客席が黙るように押し静まった。

「もとより、ひとは笑うもの。堅苦しい仕事ばかりの苦しい浮世に、軽口や冗談は自然な救いでございましょう。お上も無粋なことをするものでございます。もとより芸人は洒落がキツいもの。偉い奴らを見れば、揚げ足取って冗談にするものでございます。それが気に食わなかったのか。ともかくお膝元にゃァ、ドギツい笑いは相応《ふさわ》しくない、禁止でございとこういうわけでございます」

南畝は大きく息を吸う。

「以来百年、江戸において、お笑い、軽口剽軽は地にもぐり、すべて料亭や妓楼、宴席などで語られる趣味のものになりました。町人のやるものではなく、金持ちの旦那があつまり披露する、そのような上品な芸になりましてございます。手前、僭越ながら二十年前、田沼様の時代に、吉原に遊び、狂歌なぞをやりまして、多少世間を騒がせてございました」

「知ってらあ！」

「ありがとうございます」

「四方赤良の狂歌集、おいらも買ったぜ」

「へえ。それなら話が早い。あんなフザけた本をお買い上げになるとは、お兄さんもお笑い好きの粋人と見た」

「へへへ。違えねえ」

「そのころ手前、古い昔の笑い本を集めてございます。『醒睡笑《せいすいしょう》』『軽口露《つゆ》がはなし』『軽口御前《ごぜん》男《おとこ》』――探せばあるものでございますな。昔から、ひとは笑って、軽口を言い合って、生きてきたのでございます。そのうちに、憚りながら、心の中にひとつの疑問が浮かんできました。ひとは笑って生きるもの。笑ってフザけて生きるもの――。それが自然なことであれば、なぜそれを、お上などに禁じられねばならぬのか。モノを食い、クソをひり、夜は眠る。語り、怒り、そして笑う。それはわれら人間の自然な営み。なぜそのような自然な営みを、誰かに禁じられねばならぬのか。おかしい。おかしい。おかしくないのか」

「あ――」

客席は、わずかに緊張する。

この寄席には、北町奉行小田切土佐守の目が光っているに違いない。

「手前、若かりし二十年前に、狂歌や戯れ唄で多少暴れてございます。寛政になり白河公がご治世において、お叱りや手入れを受け、だいぶ手じまいしましたが、腹の底に、その思い、一貫して変わることはございません。自分は負けたが、いつかまた、志をもった若いものが出てくる。そして見たこともない創意工夫で天下のみなさまの心をつかみ、回天の業をしてのける――そう思って生きてきてございます」

「――」

「その証拠に、ご公儀の取り締まりが厳しくない上方においては、この百年、何十人という頓作軽口芸人たちが登場し、新しい世界を作り上げてございます。江戸においても、そういうことはできるのではないか。厳しいお上の統制に、すっかり腰の砕けた町人どもの笑いへの欲を、満たす何かを創れるのではないか――。はい、それがこの夜にございます」

南畝はここで、破顔して満面の笑みを浮かべる。

そしてもう一度、大きく息を吸った。

「改めまして皆様、本日は、三笑亭可楽が勧進に、足をお運びくださいまして、誠にありがとうございます。本日は、このあと四名のハナシカが登壇いたしまする。この四名、はっきりいって、バカでございます」

客席はわずかに笑う。

「しかし、新しきものはバカが創ってきた。違いますかね？　手前のような小賢しい年寄りは、なにかとうじゃうじゃ批評して、新しきものをつぶしてしまう。頭のいい奴は、偉そうにひとの揚げ足をとっては、古きものに安住する——。今日登壇する奴らはわずかに二十代。正真正銘のバカであるゆえ、安穏に新しい事ができるのでございます」

南畝は笑う。

「皆様は、証人にございます——この江戸の、武左衛門以来百年途絶えた江戸の話芸の、今宵は、舳先《へさき》の明かり取り。お楽しみくだされ」

わっ——と、客席から拍手が沸いた。

南畝のハナシは、物語でもなく、芸でもなかった。

ただの演説である。

しかし、それは、ひとびとを惹きつけた。

舞台袖に戻ってきた南畝は、いつもの飄々とした風で、

「さて、若えの。暖めておいたぜ」

と肩をゆすって見せた。

あぜんとする又五郎の横で、小鉄が抗議するように言った。

「てやんでえ。さんざん吹かしやがって。客の温度があがりまくっちまったじゃァねえかよ。どうすんだ、こちとら江戸の初舞台なんだぞ！」

「ははは知らねえなあ。せいぜい頑張りな」

南畝はぺろりと舌を出す。

「もう、どうすんだよ」

小鉄は泣きそうだ。

小柄な体を粋な藍の着物で包み、きちんと扇子を帯に差し、月代は青々と剃り上げて、細身の髷をちょいとひねって添えてある。

「小鉄、落ち着け――」

又五郎が声をかける。

「アニキ。でもよう」

「今日からお前、新しい名前になるんだ。生まれ変わるンだろう？」

「そ、それはそうだが」

その様子を見て、焉馬は言った。

「大丈夫だ。松戸、越ケ谷とみっちり稽古をしてきたじゃねえか。お前はもとより声がいいし、ハナシもいい。なにも心配いらねえさ」

「う、うン――」

小鉄は今夜、ハナシカとして高座に出る。

今までの〈呼び出し小鉄〉に代わる名乗りが必要だってえ話になって、又五郎と焉馬が額を突き合わせて新しい名前をつけていた。

亭号をつけたのは、又五郎だった。

「おいらたちが修業した場所は、府外御料松戸宿。松戸がなければおいらたちはなかった。そうじゃねえか？」

松戸で一年半近くを一緒に過ごしたあのお化け屋敷。

あのぼろぼろの旅籠の名前は『囃子屋』であった。

「よし決めた――亭号は、林屋《はやしや》だ」

そして、下の名前は焉馬が付けた。

「お前らしい名前がいいやな」

小鉄の元の家は、神田連雀町の魚屋、下浦屋の裏の蔵である。

長屋にも住めず、湿った蔵に住んでいながら、威勢だけは誰にも負けねえってえのが江戸っ子らしい。蔵から出てきて真正の噺家を目指そうというのだ。

「正蔵《しょうぞう》、ではどうか」

つまり、ふたりが付けた名前は、

林屋正蔵

であった。

それを聞いた途端、小鉄は目に涙を浮かべ、

「あ、ありがてえ……」

と絶句した。

神田の裏店の、貧乏人のガキが、こんな立派な名前をもらえるとは。

「この名に恥じぬ男でなきゃァ、ならねえ」

おいら、機転も利かねえ。体も小せえ。又五郎アニキのように、格好良くもねえ。しかし、努力して精進していけば、名人になれる。

「そんな気になる名前じゃァねえか」

小鉄は絞り出すように言ったものだ。

「そうだ。おいらはもう呼び出し小鉄じゃアねえ」

舞台袖で小鉄は自分に言い聞かせるように言った。

「可楽が一番弟子、正蔵だ――。いまにみていろ」

小者が高座に出て、高座の四隅に置いた行灯を、消しにかかった。

ふっ、ふっ、と広間が暗くなっていく。

わずかに隅の小さな灯りだけが残された。

なんだなんだと客席がざわつく。

薄暗くなった寄席のざわめきが収まるのを待って、高座の裏には松戸宿の女郎宿の中庭を模した書き割りが並べられた。

楽屋口で小鉄は自ら、唇を湿らせ、慎重に、ひゅううううう、と篠笛を吹いた。

次に、左団次が、でろでろでろと小太鼓を打った。

この太鼓、小者に叩かせてもよかったのだが、小鉄が、

「おいら、この太鼓は左団次に叩いてほしい」

と伏して頼んだのだ。

「これは、おいらの出陣の太鼓なんだ」

ゆらり、と仮面をかぶり、化生《けしょう》の趣で、小鉄は高座に揺れ出た。

なんだなんだと客席が目を凝らす中、小鉄は座布団に座った。

落ち着いている。

じっと客が馴染むのを待って、よく通る声で、

「――関八州流れ狂う大河あり。渦巻く水の奥底に、身を投げし女どもの魍魎あり。地獄の死者

に代りて、我、参上したり」

と言った。

ネタは、松戸、越ケ谷で練り上げてきた、笄屋の奇譚である。

ハナシといえば、洒落噺と思っていた客は、驚いた。

これは何というのだろうか？

しかし、みんな引き付けられている。

小鉄は語りを続けていく。

裏では小者たちが、小鉄に言われたとおりに、行灯を掲げたり、書き割りを動かしたり、太鼓を叩いたりしている。

新しい。

薄暗くなった客席は、固唾を呑んで聞いていた。

やがて、少女が雨の笄屋で、井戸に身を投げるところにさしかかると、

「うへえ」

客席から悲鳴があがった。

どんどん！　おびえる客を驚かす太鼓の音。

「わおー」

叫びながらも、客席はもう舞台に夢中である。

最後の大落ちでは拍手が沸いた。

小鉄は何度も頭をさげ、頬を紅潮させて高座から降りてきた。

小鉄の目に、涙が盛り上がるように浮かんでいる。

「アニキ――、おいら、一生、ハナシをやるよ」

「小鉄」

「江戸で最初のハナシカがアニキなら、おいらは、二番目になる――」


次に登壇するのは〈襖の左団次〉である。

こちらも、今夜はハナシカとして高座に座る。

新しい名も考えねばならない。

左団次にも、新しい出発にふさわしい高座名をつけよう――。南畝と又五郎は、広徳寺門前の水茶屋の二階で、名物の花団子をつまみながら話し合った。

「どうしようかなあ。左団次は、元が武家で曲がったことが大嫌い。ともかく、マジメすぎますよね？」

又五郎が、くびをひねりながら言う。

すると、大田南畝は団子を口に放りこみながら言い返した。

「あいつがマジメ？　誰がそンなことを言ったってンだよ」

「え？」

南畝は、とぼけた顔で、酒を注文する。

「あいつ、遊び人だぜ」

「ウソでしょ？」

「ウソなもんかい。左団次は、もとは信州須坂《すざか》藩上屋敷内の長屋で育ったサムライだ。普請役を賜り、お役目と家督を継いでつつましく生きるはずだった。しかし若いうちに、女にハマってなア」

「え、ええ！」

思わず、又五郎は膝を立てた。

信じられない。

「ともかく若い頃のあいつは、呑む、打つ、買うの放蕩し放題。女遊びの楽しみから抜け出せなくなってな。身持ちを崩したってわけだ」

又五郎は口をあんぐりとあける。

しかめっつらでいつもピシリと背筋を正している元サムライ。

それが又五郎の知る左団次だ。

「あいつがハマったのはな、吉原でも悪女の呼び声高かった花魁の川越だった」

「か、川越？」

「なんだ、おまえ、師匠のくせに何も知らねえなあ。あいつの一つ芸に出てくる川越ってのは、昔、あいつを夢中にさせた花魁の名前だよ」

「なンと」

「そりゃあ美しかったが、性根は悪くてな。ウブだったあいつから、手練《てれん》手管《てくだ》を尽くして全財産を搾り取りやがった。文字通り、体でカネを、骨の髄までしゃぶって見せたってやつ——。やがてあいつは、主家の公金に手を出してな、廃嫡されてお家を追い出されたってわけだ」

言葉も出ない。

「あんなにひどい騙され方をしたというのに、あの男、それでもあのオンナを忘れられないでいやがった。下町の長屋の軒先で雨に打たれながら、それでも一言もオンナの悪口を言わなかったぜ。それを見つけたときは驚いた。一緒に吉原で女の肌におぼれていた若造が、道端でぼろぼろの格好でいるのだから」

「それで？」

「ああ、あいつはな、千住や浅草の安い座敷を回り始めた。妓楼や茶屋に頭をさげて仕事をもらって——そのうち、どんな思いだったのか、てめえの力で稼ぎてえと芸をはじめた。それがあいつのひとつ芸『恋女房川越之桜』だ。驚いたぜ、出てくる役が、川越と杢兵衛だ」

「杢兵衛」

「そうさ、武士の頃、左団次は通り名を佐々木杢兵衛といった。あいつも、さんざん放蕩を尽くしたくせに純なところがありやがるぜ。あの悪女の名前を名乗って扮装までしていたんだからな。よっぽどオンナのことを忘れられなかったンだろう」

南畝はそう語ったあと、腕を組んで考えるような仕草をした。

「ま、そんなわけで、放蕩といえばおいらも身に覚えがねえわけじゃねえや。何かとあいつを気にかけてやっていた。〈噺の会〉に引っ張ったのも、下谷のときにおまえに紹介したのも、そういう流れってこったぜ」

又五郎は、驚きすぎて、すぐに言葉が出てこない。

出会ったとき、狂ったかと思うような扮装で京屋にあらわれた。

下谷の寄席では、満員の客にビビっていたが、高座に出れば、おどろくほど落ち着いてみせた。

越ケ谷で再会したときの精悍な顔つき。

松戸の宿場のはずれ、ぼろぼろの旅籠に入った時の、厳しい表情。

用心棒のように寄り添ってくれて、襲われるたびに鯉口を切って守ってくれた。

常に真剣で、バカをやるときすら、一生懸命な男――。

「おいらにとっての左団次は、そっちのほうだぜ」

鍛え上げられた大きな円い肩が、どれだけ頼りになったか。

江戸の於奈津はいい女でござる、手放さぬがよかろう、と言った左団次の、しみいるような言葉の響き。

「どっちも本物の左団次だぜ」

不思議となにか、心の中で、一本の線がつながるような気がした。

おおよそ男の人生など、ひとつであるわけがない。放蕩する時期も沈思する時期もあっていい。時には失敗するし、後悔もする。それらを腹の中で消化して、ようやく今がある――。誰だってそうじゃないのか？　全然矛盾しない。

（思えば、親方、於奈津、小鉄、棟梁。小島親分から布川屋まで、どいつもこいつも、未熟なおいらのしくじりを見つけては、叱りつけ、怒ったぜ。それがどうこう言うンじゃねえ。叱られて当然のおいらだからな。だが、左団次だけは違った。何も言わなかった。何も言わずに見ていてくれた）

それに気が付くと、又五郎は急に泣きたいような気持ちになった。

（左団次の野郎は、わかっていたンだ。全部、わかってくれていて、それでいて、ただ見ていてくれた）

間違いを死ぬほどおかして、後悔を心の奥に数多く沈めて――、尖った男は円くなりやがる。

恥なんざ恥だと思わなくなり、何が大切かわかるようになる。まともな男なら、生きるほど円くなるもんだ。あいつは、生きて生き抜いて円くなりやがった。

(左団次——あいつは男だ)

そんな又五郎の横顔を見ながら、南畝は言った。

「ううむ、あいつはもともと、呑む、打つ、買うの三つの遊びを尽くして身持ちを崩した男だ。亭号は三遊亭。どうだ、粋だろう?」

そこで又五郎は言った。

「円生——。円生でどうだ?」

「いいじゃねえか」

大田南畝はにっこりと笑った。

こうして、左団次は、

三遊亭円生

となった。

この夜、左団次の三遊亭円生は、慣れない羽織をぴしりと着付け、月代を剃って、髷もあたって青々と、緊張の面持ちで高座に立った。

「お、お初にお目にかかります、三遊亭円生にございます」

かちかちで挨拶する左団次をみつめて、南畝は低い声で、左団次だけに聞こえるように言った。

「落ち着け、左団次。大丈夫だ。おまえは、おまえであればいい」

するとと左団次は、何を思ったのか、大声でこう言った。

「お客様——率直に申す！　拙者、元は武家、今は芸人でござる。お客様のごとき洒落や粋はあり申さぬ。今日は、率直に、拙者がひとつ噺、『恋女房川越之桜』を語らせていただく！」

と言って頭をさげた。

すかさず焉馬棟梁のところから来ている小者たちが、さんざん工夫して創った背景の書き割りや、小道具を舞台にあげる。

そして左団次は実直に、ただまっすぐに、語り始めた。

「寛政五年、秋。月の明るい長月の夜でござった。大川から吉原に向かう土手をゆっくりと歩いていく、背の高い武家の姿がござった——」

それは、笑い話などではなかった。

真剣に語られる自分の若かりし日の、不器用な失恋の物語である。

誰でも経験する、美しい女性に夢中になって、騙されるだけのハナシ——。

その実直極まりない、まっすぐな語り口は、不思議と客をひきつける。

だれもくすりとも笑わない。

しかし、静かな満足感が、客席を満たしていた。

すっかり客席の好意を勝ち取って、左団次は高座から降りてくる。

「これで、よかったのでござろうか——」

くびをひねっている。

「いいんだ」

又五郎は言った。

「てめえは、てめえのままでいい」

呆然とそれを聞いている左団次を残して、又五郎は楽屋に去った。

楽屋といっても、寄席に仕立てた大広間の隣の八畳だ。大広間の声がそのまま聞こえてくる。

又五郎は、騒ぎの中、ひとり、大きな鏡の前に座った。

次の出番は、焉馬の棟梁だ。

もう、何も心配はいらない。

又五郎は、じっと目をつぶった。

大広間から焉馬への客の拍手が聞こえてくる。

「待ってました！」

「なにを言ってやがんでえ。てめえらの目当ては可楽だろう？　せいぜいおいら、今日は若え連中の、露を払いだ」

「棟梁、笑わせてくれるンだろうな？」

「任せておきな。ハナシは『肥壺』だ」

わっと沸く客席。

そのざわめきを聞きながら、ひとり又五郎、神経を研ぎ澄ます。

三題噺——客が出す三つのお題を、即席で解く。

うまくいくのか。

みんな半信半疑だ。

今までだって、失敗した座敷もあった。

今夜、うまくいくとは限らない。

（だが、満員の客の前で口ごもったりしたら、三笑亭可楽はもう、江戸で再起はできまい——）

すべて、この高座に懸かっている。

でも不思議だ。不思議と胆の奥底が、落ち着いているのだ。

不安ではあっても、アガってはいない。なぜだろう。

気が付くと、隣の広間から、わははは、わははは、という笑い声が聞こえる。

焉馬の棟梁が、さんざんに盛り上げ、笑いを取っているのだ。

（さすが棟梁——。安永天明の頃に鳴らした高名は伊達じゃない）

そう思ったとき、ふと、又五郎の肩に手を載せたものがある。

目をあける。

於奈津であった。

「大丈夫？」

地味だが上品な絣の着物を着て、髪の毛を後家のように結っている。

「大丈夫さ」

又五郎は言った。

「震えてない？」

「バカ言うンじゃねえよ。こちとら江戸っ子だぜ」

「大丈夫みたいだね」

「あたぼうよ」

ふたりは顔を見合わせる。

お互いの顔を、こんなに近くでじっと見つめ合うのは二年ぶりだった。

ふたりは、二年の分だけ、大人になっていた。

於奈津はその小さな顔を、ぐっと又五郎の額に寄せて、

「——だいぶ修業を積んだみたいね」

と言った。

「ああ」

「どう？　まだ、あたしを嫁にする気がある？」

息が触れるくらいのところに顔を寄せてくる。大きな瞳である。

「さてなあ」

又五郎は言った。

「さてなあって何よ。だから江戸に戻ってきたんでしょう」

「まあ、そうだな」

「二年前の下谷稲荷。約束を忘れたたァ、言わせないよ」

「忘れてはないさ」

「当たり前だよ」

「おまえこそ、あの白木屋の若旦那はなんだ」

「お父ちゃんが勝手に進めたことだよ」

「まんざらでもなさそうだったじゃァないか」

「そうねえ。あの若旦那はなかなかの男だよ。この二年間いろんな縁談が、それこそ次から次へと持ち込まれた。でもあたしが剣突を食わすと、尻尾を巻いて引き下がるような男ばかり。でも

あの若旦那は何を言ってもめげたりしない。朝に晩にとあらわれて、着物だ帯だと持ってくる。綺麗だとかなんだとか歯の浮くようなセリフを臆面なく吐いてね。最後には、あの不器用なお父ちゃんを動かして結納までしてのけた。仕事ができる男だよ。なかなかの二代目だって、日本橋あたりじゃ有名らしい。そこまで覚悟を決めて愛されるとね、嫌な気分がするもんじゃないよ」

「ふうん」

「妬《や》かないの？」

「じゃア、そいつと夫婦になればいいンじゃねえか？」

「本気？」

そう言って於奈津は鼻と鼻をぶつけて見せた。

目の前に、於奈津の、桜色の唇がある。

口をとがらせれば触れるぐらいに。

「——どうだ」

いい匂いがする。

なつかしい、匂いだ。

親方に育ててもらった七軒町の、あの家の匂いだ。

「あたしと夫婦になりたいだろう」

「うん、なりたい」

又五郎は素直に言った。

「ずっとあたしと会いたいと思っていただろう」

「思っていた」

「だから、戻ってきたんでしょ？」

「その通りだ」

「よし、じゃあ、あんたが、粋でイナセでいい男になったんだって証拠を見せろ」

「うむ。もとよりだ」

又五郎は言った。

ふと於奈津から顔を引き離し、笑って見せる。

「於奈津――その大きな目ン玉をカッ開《ぴら》いて見ていろ。天下の府外川沿軽口剽軽筆頭、三笑亭可楽の大舞台。天下のお膝元、大江戸で初めての寄席の顛末をな」

「もう昔の名前じゃないのね」

「そうだ」

「三笑亭可楽」

「いや――初代、可楽だ」

「初代？」

於奈津がぽかんと口をあけると。

「おれら夫婦にガキができたら、この名跡《みょうせき》、ガキどもが、我先にと奪い合う大名跡になろうぜ」

「こ、子供――」

その言葉を聞いたとたん、於奈津は胸を突かれたように胸を両手で押さえた。

急に、いつもの強気な顔つきが、ぐにゃり、と歪んで、その大きな瞳に、涙があふれてきた。

「あたしたちの、子供？」

「そうさ」

「ず、ずいぶん急じゃないか」

「急じゃないさ」

「なんだよ。なんだか――ああ、なんでだろう」

不思議なことに、於奈津の涙は、ぽろぽろと雨粒のように落ちていく。

頬を濡らさず、転がるように床を濡らす。

又五郎はそっと手を伸ばし、その涙を拾ってみせた。

その感触を確かめながら、ああ、本当においらはガキだった――そう思った。

アガっていない理由がわかった。

今の自分が、ひとりではないからだ。

するとそのとき、楽屋の外から、

「アニキ、出番だぜ」

と声がかかった。

「承知！」

又五郎、粋な絣の着物の裾をさっと払い、立ち上がる。

胸が高鳴り、おもわず足元がよろけた。

「おっと――ッと」

まずい。

格好つけすぎたかな？

そんな自分に苦笑する。

「なに笑ってンのよ」

「う、うるせえ」
内心の動揺を見せないように、懐の中で腹をとんとんと叩く。
落ち着け。
短い廊下を進んで、広間の高座のたもとに立つと、小者がてんつく太鼓を叩いた。
出番だ。
又五郎は、元気に高座へ飛び出した。

【十】　穴稲荷のお紺

高座にあがると、なんだか広間が、妙に明るく感じた。

それもそのはず。

一番搾りの明るい油を使った雪洞《ぼんぼり》が広間のあちこちに掲げられ、高座のまわりには大きな行灯が四つも置かれている。舞台袖で見るよりも、ずっと明るい。

広間いっぱいに詰めかけた客の顔が、はっきりと見えた。

どの顔も期待にきらきらと輝いている。

「よっ！　待ってました！」

威勢のいい掛け声がかかった。

又五郎は気にせず、落ち着いている。

「本日は、お運びいただきまして誠にありがとうございます。本日のトリを勤めさせていただきます。サンショは小粒でもぴりりと辛い、三笑亭可楽にございます」

高座で深々と頭をさげる。

わーっと拍手。

大変な盛り上がりだ。

ざっと客席を見回してみる。

いちばん前に、見た顔があった。

頭が薄く、丸い鼻の横に大きなほくろのある妙に目立つ中年男。

すかさず又五郎、二年前の南畝のセリフを思い出して言った。

「浅草の卯ノ木屋忠兵衛さんじゃァねえか。よく運んでくれたな。用事（楊枝）があるから、来れねえと思ったぜ」

どっ、と客席が笑った。

よく見ると、下谷のときの客が結構来ている。

うれしくなって見回すと、奥のほうに目つきの悪いサムライ連中が酒を持ち込んで舐めるように呑んでいた。おおかた奉行所の手の者だろう。

向かって右の升席には、京屋の源兵衛親方が、白木屋の若旦那と並んで苦虫を嚙みつぶしたような顔つきで睨んでいる。この野郎、偉そうに言いやがって、ちゃんと落とし前をつけろ——、そんな声が聞こえそうな剣突顔である。

（ふふ。敵意丸出しだが、見に来てくれたぶんだけありがてえってモンだ）

又五郎は、思った。

「さて」

又五郎は大きく息を吸うと、ハナシを始めた。

「手前、二年前、このすぐ近くの下谷稲荷で、江戸にて初めての寄席を勧進させていただきました。ところが」

と唾をのみ、

「修業の不足にて、わずか五日にて取り壊しの憂き目。二度と江戸にてハナシはできまいと思っていました。そういうわけで、今夜は本当にありがたい。客もいい男ばっかりだ。まあ、もっとも一等いい男はこの可楽ですがね」

ははは、と笑い声。

ショッテんな、櫛職人、という冷やかしの声。

「さて、二年間、どこに雲隠れしていましたかといいますと、府外は武蔵国、越ケ谷宿の小島芳太郎親分のところで半年。下総国松戸宿の布川屋太兵衛親分のところで一年と半分お世話になりました」

「ずいぶん田舎にいたもんだな」

酔客から気楽な声がかかった。

「ええ、それがそれほど田舎でもない。江戸にいるとわからないが、越ケ谷と松戸は、元荒川、中川、江戸川と、川舟でつながってるンで、商売も盛んで、ひとも多くございます」

「へえ、そうなのか」

「ひとも多ければ、お座敷の席も多い。芸人も多いってわけでございまして」

「芸人」

「へえ。寛政になって江戸を所払いになったお笑いどもがたくさんおりまして、切磋琢磨《せっさたくま》をしておりまする。さて、なんでみんな所払いになったか。――所払いとかけまして、軍鶏鍋《しゃもなべ》の脂と解きまする」

「おっ、〈謎かけ〉だな」

「その心は？」

客の問いかけに、又五郎にやりと笑い、奥のサムライどもを睨んでこう言った。

「いずれも白皮（白河）が出所でございます」

どーっ、と。

客席が揺れるように笑った。

白河は、先の老中、松平定信——幕政批判である。

危険な洒落は、江戸っ子の好み。

「言うなア」

「さすがに粋だぜ」

みんな口々に言いながら頷いている。

又五郎は続ける。

「まあ、そんなこんなで府外を回って、見たこともない面白き芸人たちにたくさん出会った次第でございます。まあ、みんな田舎者でございますがね」

どっと客が笑う。

「しかし、この田舎者が侮《あなど》れないンでございますよ。府外にゃあ面白き芸人がひしめいております。この可楽、この大江戸に定席寄席を開いて呼び寄せたいと、かように思っております」

田舎芸人の江戸への流入など、南北の町奉行所がもっとも嫌うこと。奥のサムライどもの目つきが怪しくなってきた。十手を抜かれて、やめろなどと叫ばれる前に、ちょっと納めたほうがいいな——又五郎は、肩をすくめた。

「まあ手前、元が根っからのバカでございます。せいぜい北は越ケ谷から南は小岩、本一色、市川まで。さんざんに修業させていただいたわけでございます」

又五郎は、二年前に見た岡本万作の舞台を思い出した。

岡本はハナシを始める前に、世間話で四半刻は客を笑わせていたものである。

又五郎もまた今、つるつると客いじりをし、笑わせている。

（多少は上手になったのかもしれないな）

話しながら、次を考える。

そうして客席もさんざん満足したころ、又五郎は背筋を正して、

「さて――」

と言った。

「いよいよでございます」

さすがに心の内が痺れるように感じる。

どんなお題が出てくるものか。

ここから頼れるのは自らの頓智だけである。

舞台袖に座っている仲間たちも背筋を伸ばす。

「お題をいただきましょうかね」

「待ってました！」

「ええ、そんなこンなで修業をしまして、創り出しましたる三題噺。松戸にて水戸徳川家ご家老山野辺彦左衛門様に披露させていただきましたところ、おおいにご満足いただきました。可楽が元祖でございまして、今では手前の代名詞――。少なくとも川沿いではそうなっておりまする」

「大したもんだ！」

客席から声がかかる。

「待ってください、まだやっておりません」

どっ、と、みんながウケる。

果たしてこの空気で失敗したら、目も当てられない。

誰もが即席で話を創る難しさはわかっていよう。

唾を飲み込み、

「さて、お客様——どなたにいただきましょうかね」

そう言った。

満員の客が、しん、と黙った。

聞こえるのは開け放たれた格子の外の、境内の酔客のさんざめきばかり。

「どンなお題でもかまいません。この可楽、するすると解いてご覧にいれて差し上げます。そうですなあ……」

最前列の、でっぷりと太った商家らしき男。

なるべく知らない顔を選ぶ。

「そちらの旦那。なにかお題はなさそうですかい？」

すると旦那——、

「ううむ」

と唸って、こういった。

「弁慶《べんけい》、かねえ」

「ふむ」

「俺ァ、昔から強くて忠義に厚い弁慶が、でえ好きだからなァ」

「へい。いいですなあ、弁慶」

又五郎はにこやかに首をふり、

「次のお題が、義経《よしつね》と富樫《とがし》だったら、こりゃもう、楽なんだがなあ」

と言った。

その軽口に、客席の緊張がどっとほぐれる。

みんな笑顔だ。

どうやら又五郎の緊張が、客席に乗り移っていたらしい。

又五郎は内心で反省して、大声で言った。

「コンな具合で、お題はなんでも構わねえんだ。所詮、遊びにございます。ただ、これ以上、おいらが指さすと、仕込みじゃねえかと疑われちまう。さあさ、みなさん、お題を頂戴いたしましょう！」

すると客席から多くの手があがる。

いちばん左奥の料理屋の女将さん風の小粋な中年女が言った。

「——お稲荷様の『狐』でどうだい」

下谷はそもそも稲荷が鎮守だ。

なるほど。

つづいて、右手の酔眼の若者が言った。

「ひとつぐらい色気が欲しいや。『辻君』で頼むぜ」

辻君とは路上に立つ私娼のことである。

「へえ、お題をいただきました」

高座の上の又五郎は、高らかにこう言った。

「弁慶、狐、辻君――どうにも難しいお題ですなあ」

ちらり、と舞台袖を見ると、巨漢の立川焉馬が、腕を組んで仁王立ちをしている。

あんなに切羽詰まった表情の棟梁は見たことがない。

さすがにこの芸の難しさを骨の髄までわかっている表情である。

その周りに、小鉄、左団次、南畝――そしてその奥に於奈津が、じっと見つめている。

又五郎は、高座の光の中にたたずみ、しばらく沈黙。

腕を組んで、考えている。

満員の客が、緊張してその様子を眺めている。

「大丈夫かな？」

「難題だぜ――いくら頓智が利くって言っても、いきなりここでハナシをでっちあげるのは無理じゃァねえかい？」

「弁慶、狐、辻君、だもンなあ。どう考えても、一つのハナシにゃァならねえよ」

酔客がこそこそと言い合う。

又五郎の額に、汗。

ううん、と首を捻ってうなっている。

しばらくそうしていただろうか。

又五郎は、ぽん、と目を開け、明るい大声で言った。

「整いまして、ございます！」

わっ、と客席が沸いた。

「さて」

ゆっくりと、又五郎は話し出した。


少し前――宝永の頃のお話でございます。

伊達仙台から、奥州往還を、花のお江戸に流れついた、二十歳ばかりのチンピラ風情の若造がおりました。

名を、ましらの真佐吉《まさきち》と言いまして、度胸もなければ腕もない。

しかし、見た目ばかりはいい男。

こういう男、おりますな。

え？　わたし？

とんでもございません。

この可楽、見た目も中身もいい男。

ショッテるって？

まあ、その話は置いておきまして、ハナシを前に進めます。

ともかくこの男、その器量を生かしまして、稼業はなんと『女誑《おんなたら》し』でございました。行く先々で、小金をお持ちの後家さんやお大尽の奥様をちょいとだましては小銭を取るという、小悪党でございます。

この真佐吉、江戸に着きまして、湯島に住むシノギの元締めで嶋屋の親分という方がいるンですが、この親分のところに草鞋をぬいで、稼ぎの許しをいただきますってぇと、さっそく江戸での仕事にとりかかりました。

まずはこう、櫛の行商などを装って裕福そうな商家をまわりまして、品定めを致します。

愛想よく、

「奥様お美しいから、この遠州渡りの黄楊の櫛が御似合いでございますよ」

などと調子をくれます。

まあ、モノを売りながら、マトを探るのでございますな。

手前に言わせますと、櫛は、江戸の下谷七軒町三味線堀あたりのモノが一番なのでございますが――。


と、ここで客席から笑いが沸く。

みんな又五郎が、もともと京屋の櫛職人と知っている。

源兵衛親方だけが、怒りを滲ませニコリともしない。

素知らぬ顔をして又五郎、ハナシを続ける。


――まあ、ともかく女性というものは、『遠州の黄楊』とか、『西陣帯』とか、ともかく『名前』に弱うございます。

言葉たくみにハナシをしながら、暇をもてあました金持ちの奥様方や妾などに食い込むわけでございますね。

最初に仕事をしたのは、池之端仲町の経木屋の後家さんでございました。

この後家さん、はじめて真佐吉の顔を見たときから、その端麗な男ぶりに驚き、ハッとした風情でございます。

真佐吉は内心しめしめと思うのでございますが、そこは玄人、眉ひとつ動かしません。

「ちょいと、高くないかい？」

などと権高に出て、反応を見る後家さんに、

「さすがにございます。本日は負けました——また参ります」

などと言いながら、うまく、経木屋に通います。

そうこうするうちに、帰り際にこう、結び文を、たもとに、ぽつり、と投げ込むわけですな。

これで、ころり、と参ります。

「だいぶ慣れた口調だな。そいつはてめえの手管じゃねえのかい？」

客席から、酔客の軽口。

又五郎は慌てずいなす。

とんでもございません。

わたしほどのいい男になりますと、このような手管を使わずとも、モテてモテてしかたない。

しかし問題は、カネがないことでございますな。カネがなければ続かない。これはたとえ『女誑し』でも一緒にございますよ。

わはは、と客席から軽い笑い。

いい雰囲気だ。

昔から、言います。

色男、カネとチカラはなかりけり、とやら、なんとやら。

はずかしながら手前、顔だけの男でございます。

バカ言ってらあ。

それほどのモンかよ！

たいしたことねえよ、ショッテんじゃねえ、——と客席から声がかかる。

さて、戻りまして。

この男、こんな具合に、後家さんやら、妾さんやら、奥様やらを騙して稼いでおりました。

嶋屋の一味は、ひとしきり仕事を終えると、嶋屋親分の妾がやっている黒門町《くろもんちょう》の菜飯屋にしけこむのが、しきたりでございます。

妾の店、といいましても、妾殿はどこにいるのやら一切出てきません。

要は、親分の手下どもがご支配の店でございました。

集まる仲間はみな、女誑し、寸借詐欺や、書面騙しの達人——みな、ひとを騙して食っているロクデナシどもでございますが、親分の躾がいいのか気のいい奴らでございます。

親分の番頭殿へ、稼ぎの報告がてらに、酒を片手に集まって、

「俺ァ、深川の人妻から十両取ったぜ」

「なにを、こしゃくな。本郷の剣術屋から五両だ」

「堀切の娘はよかったぜ――まだ三両しか取ってねえが、なあにこれからだ」

と稼ぎの自慢をいたします。

真佐吉が早くも経木屋の未亡人から十両取ったという話をすると、みな、

「江戸に着いたとたんに、稼ぎをあげるたァ、大したもんだ」

「たいていの田舎者はすぐに騙されて巻き上げられるものなのになあ」

と感心しきりでございます。

すると、わいわいと話してるロクデナシ仲間のうちに、どこか場違いな、いかにもうぶな若者がおりました。

年の頃は十六、十七か。名前を一《いち》太郎《たろう》と申しまして、まるで娘のような、つるりと白い肌の、優しい顔つきの若造でございます。

ろくに、オンナの経験もないのでしょう。

みんなの艶っぽい話を、店の隅っこに小さくなって聞きながら、顔を真っ赤にしております。

そんな若造がどうして親分のところに来たものか。

しかも稼業は『女誑し』だと申します。

真佐吉、気になってたまりません。

真佐吉は、ちょいとそいつを外に連れ出しまして、こう聞きました。

「一太郎さん――あんた、ちゃんとオンナを知っているのかい？」

すると、一太郎は、

「実は、まだなんです」

と頬を染めて申します。

真佐吉は驚きました。

「あきれたもんだね。オンナも知らぬのに『女誑し』を稼業にしようっていうのかい？」

「これには事情がありまして」

一太郎は身上を語ります。

「手前、穴稲荷《あないなり》の仏師の息子であります。由緒ある職人の家系で、上野山のうちにあって、寛永十七年に天海僧正が建てられました天狗堂なる御堂の仏具を納めておりました。それが三年前、父なる師匠が納めた天狗の鼻がぽきりと折れるという失態を起こしまして、父はそれを恥じ、弁慶の鏡井戸に身を投げてございます」


ざわっ、と客席がざわめく。

三つのお題のうち、最初の弁慶が出てきたからだ。

弁慶の鏡井戸は、下谷の人間なら誰でも知る名所であった。

上野の山の向こう。六百年前、奥州に逃れる義経一行の喉を潤したという伝説がある、池之端の小さな井戸である。


「こうして十五の年に、父なる師匠を亡くしてございます。他に頼る親類もなく、以来二年の間、蓄えを切り崩しながら暮らしておりました。しかし、そのうちに、妹が病気になりまして、もう、どうにもなりませぬ。先祖代々続いてきた工房を途切れさせることは申し訳ないが、兄妹ともども身を投げて死んでしまおうと算段しておりましたところ、以前から父の仏様を購《あがな》ってくださっておりました湯島の親分に、声をかけられましてございます」

「ほう」

「おまえ、若いが綺麗な顔をしてやがる。ウチの女どもが、きゃあきゃあ言ってやがるぜ。もし、おまえがよければなんだが、ウチのところで『女誑し』の修業をしてはどうかな？　他人を騙すのは、ヤクザな道かもしれねえが、なァに、身を投げて死ぬよりはマシってもんだぜ――とまあ、こう言われたのでございます」

「そりゃあそうだが」

真佐吉は、頭を抱えました。

「オンナを知らねえのに女誑しを稼業にしようってえのは、どうにも無茶だぜ」

「真佐吉さん――」

一太郎は言いました。

「どうか、あたしにオンナを教えてくれませぬか」

「ちょっと、待てよ」

「助けると思って。どうか、どうか！」

困った真佐吉は頭を抱えましたが、ここは見捨てるわけにはまいりません。よし、おいらが手管を教えてやろうじゃァねえかってんで、まずは知り合いの辻君のところに一太郎を連れてまいりました。

あっ、と客席から小さな声。

横の客とさわさわと話しているものもいる。

二つ目のお題の辻君だ。

繰り返すが、辻君は、夜の道端で客を取る私娼である。

「すまねえが、この子を、男にしてやっちゃくれまいか」

「なにさ。変な相談だね。まあ、いいや。お代はあんたが払ってくれるんだろうね」

辻君はそう言いながら、もじもじと立っている一太郎を、品定めするように眺めました——。

「ああ。頼むぜ」

「わかった。こっちへ来な」

一太郎は、おずおずと辻君に手を引かれ、木賃宿の奥へ連れて行かれました。

真佐吉が、しばらく辻に立って待っていると——。

「うわあああ。えーん、えーん！」

泣きながら、一太郎が飛び出してきました。

「な、なんと。どうした？」

みると、一太郎、両の衿を必死であわせながら、ぼろぼろ泣いています。

「こ、怖い。怖いいいいいい」

「あきれたもんだ。それでよく『女誑し』で稼ごうとなどと言えるもんだ」

「だって。だってええええ。えーん、えーん」

又五郎の大げさな演技に、客席が沸く。

げらげら笑い転げているものもいる。

「オンナ、怖い。オンナ、怖いいいいい」

「バカ野郎。それでも『女誑し』か。女誑しなら、オンナなど怖がるな」

「だって！　いきなり」

「いきなり、なんだ！」

「いきなり、いきなりいぃ」

「どうにも困ったね」

「く、玄人はダメです――素人でなんとか手は打てませんでしょうか？」

「バカ言うな」

「怖かったァ」

「うーん」

真佐吉は困ってしまいました。

この一太郎、線が細すぎます。

このまま放っておいては、路頭に迷うは必定。

しかし、一度かかわってしまったからには、捨て去っては後生が悪い。

それにこっちは、女誑しの玄人です。年かさの玄人が、新参者の若い衆の面倒を見るってえのは、昔っからその筋の定法。かつては真佐吉も、そうやって技を先輩に鍛えられたわけでございます。面倒見てやらにゃァ、男がすたるってもんでしょう。

思案の揚句、池之端の経木屋の後家さんに相談しました。

「これこれこういうわけで、見てくれはいいんだが、からっきしな若造がいるんです。まったく不躾だと思うんだが、教えてやっちゃあくれまいか」

後家さんは、

「う――っふん」

と、又五郎、シナをつくって。

「仕方がないねえ。他ならぬ真佐吉さんの頼みだ。気が進まないけど、相手にしたげるわ」

と、いかにも嬉しそうに言いました。

客席では、みな、にやにやと頬を緩めながら聞いている。

ここは笑わせどころである。

又五郎は大げさに体をくねらせる。

真佐吉、こうして、根岸の森の奥の、小さな料理屋の離れを用意し、ふたりを仕込みましたが、やりながら、

「いってえおいら、なにをやってるンだ」

と思ったもんでございます。

しばらく待合で待っていると、これまた一太郎、ぼろぼろと泣きながら、離れから出てまいりました。

「うえええええん。これから頑張ります。頑張りますううう」

ふと後ろを見ると、後家さんが袷を羽織って、うれしげに煙草をふかしております。

「可愛いねえ。きっとこの子は、稼ぐようになるよ」

「うえええん。うえええん」

一太郎は、まだ泣いております。

真佐吉、後家さんにさんざんお礼を言って、駕籠《かご》に乗せて仲町へ帰しておき、一太郎と連れ立って根岸から肩を並べ、歩いて帰りましてございます。

うなだれる一太郎の背中を叩きながら、真佐吉は言いました。

「一太郎――。モノゴトには、向き、不向きってモンがある」

「へえ」

「世の中の男は、たいていオンナ好きだが、たまにはお前のような例外もある。確かにお前は見てくれはいいが、どうにもオンナの扱いにゃァ向いていない。おいらは、お前が『女誑し』で稼ぐのは無理だと思うなあ」

真佐吉は、心から言いました。

同時に、この弟のような一太郎を、好きになっておりました。

間が抜けておりますが、なんとも放っておけない若造であります。

純真で、まっとうじゃァありませんか。

「そういうわけには、いかないんですう。えっ、えっ、頑張らなくちゃならないんですう」

一太郎は、泣きながら、必死で言います。

ご存知の通り、根岸から穴稲荷はすぐでございます。

いつの間にか、ふたりは一太郎の住む工房の前におりました。

贅沢ではありませんが、しっかりとした構えの工房にございます。

今は閉ざされ、埃がちになっていますが、師匠たる父上が生きていたころは、よほどに繁盛していたのでございましょう。

一太郎はがたがたと雨戸をあけ、

「師匠――どうか、茶の一杯《いっぺえ》も呑んで行ってください」

と言いました。

真佐吉はその言葉をくすぐったいような気持ちで聞きましてございます。

二十と余年を『女誑し』などというヤクザな世界で生きてきて、師匠、などと、呼ばれたことはございません。嬉しいような、切ないような気持ちでございます。

「なにもありませんが」

そういって一太郎は真佐吉を家に入れました。

小あがりに盆があって、火鉢には炭が入れてあります。

奥には、部屋があるようです。

薬湯のにおいが漂ってございました。

そこから、

「兄様――?」

そんな細い声がして、寝巻姿の娘が顔を出しました。

「あ、失礼いたしました。お客さままでございましたか」

その顔を見て、

「はっ」

と、真佐吉は胸をつかまれました。

大きな瞳、細い顎——、なんとも色気のある可愛らしい妹です。

やせ果てて、胸でも病んでいるのか、青白い顔をしてございます。

病気さえ治れば、素晴らしい別嬪さんに違いありません。

こんな妹がいたのか——。

真佐吉、心がかき乱されましてございます。

（お、女誑しのおいらとしたことがだらしがない）

それほど妹は、はかなげでした。

一太郎は炭をおこしながら、

「この妹の為に、おいら、どんなことがあっても稼がなくちゃならねえ。ヤクザな道を踏んでも、妹を守らにゃあならないンです。おいらの持ってるもんは、せいぜい、このツラの良さだけ。使えるモンはなんでも使って、稼がなくちゃならない。師匠、どうか、お見捨てなさいますな」

と、泣きそうな顔で言ったのでございます。

これほどの美人であれば、吉原にでも売れば相当な値がつくはず。

しかし、そんなことは死んでもしたくない。

そのためには、苦手なオンナを抱くのぐらいは、なんでもねえ。

その決意がひしひしと伝わってまいりました。

バカバカしいといえばバカバカしいが、それを嗤うことなぞできましょうか。

「あ、ああ。見捨てたりしねえよ」

真佐吉は、喉を絞るように言ったのでございます。

その日、真佐吉が、一太郎の家を出たのは、もう日がくれた戌の刻。

貸してくれた提灯をかざして真っ暗な上野山下を歩きながら、故郷の奥州一関《いちのせき》に残してきた幼い妹のことが思い出されてなりません。

もう四年も会っていないのです。

「――あいつ。このままじゃァ、一銭も稼げまい。あいつの腕がつくのを待っていたら、あの可愛い妹はどうなっちまうんだ」

暗闇で真佐吉はそう呟きましたのでございます。


いつの間にか、席はしんと静まり返り、又五郎の言葉を聞いていた。

さんざん笑った客の顔が、今は引き締まっている。

高座の一体感は高まっていた。

誰一人、気をそらすものはなかった。


さて、一月《ひとつき》後のことでございます。

嶋屋の妾の菜飯屋に、仲間と一緒にたむろしていた真佐吉。

いつものように、仲間たちと酔っぱらって稼ぎの自慢をしていましたところに、外から騒ぎが起きました。

「親分だ。親分が来たぞ」

「おお、もうそんな時期か」

「みんな、ちゃんとしろ」

「ほら、食い物なんぞよけておけ」

みな、女誑しや、寸借や、口先商売の詐欺師たちでございます。

一同居並び、親分を待ちましてございます。

「な、何が起きたんでさあ」

新参の真佐吉が左右に聞くと、仲間が言いました。

「親分はな、毎年、節句のたびに、手下どもの稼ぎをまとめて、稼いだやつにご褒美《ほうび》をくださるんだ。名誉なことだぜ」

「そうだ。湯島の嶋屋で優等のご褒美をいただいたってえ肩がきは、上方でだって通じらあ」

やがて親分が、どかどかと菜飯屋に入ってきました。

居並ぶロクデナシどもの顔をこう、ずらーっと見まして、叫ぶように言いました。

「みなのもの。稼いでおるか？」

「へえ！」

「もとよりで！」

「よろしい。みんな、よく頑張ったぜ。番頭の哲《てつ》の野郎から、てめえらの稼ぎを帳簿にして差し出させている。ほめてやるぜ」

「ありがてえ！」

みんな膝をそろえて頭をさげましてございます。

「さて此度も、よくできた三人においらから褒美を出すぜ。よし。まず三番、ふかしの恭太《きょうた》！」

「へえ」

奥から、線の細いねずみのような顔立ちの寸借詐欺師が進み出ました。親分は懐から、褒美の切り餅を無造作に出して、ぽんと気前よく渡すのでございました。

「ありがてえこって――」

「こいつァ誉れだ。たいしたもんだ」

「うらやましい」

みんな、首をふって感心しております。

「二番だ。池田の泰兵衛《やすべえ》――」

「へえ！」

今度は大きな体の、地面師が進み出て、ご褒美を受け取ります。

「励めよ」

「へえ」

そして、

「さて、一番だ――」

親分はそう言って、手下どもを、ぐるり、と見まわしました。

みんな、息をつめて、これを聞いております。

真佐吉は、どうせおいらは新参者よ、関係あるまい、と高をくくって後ろで小さくなっておりました。

ところが、なぜか親分、真佐吉を見て、にやりと笑いましてございます。

(ま、まさか――いきなり自分が？)

思わず胸が高まりましたが、親分は、

「一番は――、お紺よ！」

と、あっさり言いました。

(お、お紺？)

真佐吉は初めて聞く名前でございます。

ところが周りを見ますと、

「ああ、此度もそうか」

「お紺殿の手管には勝てぬな」

「さすがだぜ」

と頷いております。

「あの――」

真佐吉は、周りに聞きました。

「お紺殿、とは――」

「なにを言ってるンだ。この店はお紺殿の店ではないか」

「え、では、親分の妾の――」

「ああ。ふだんは下谷の穴稲荷様の横っちょに、弟と住んでいるがなあ」

「へ？　穴稲荷様？」

すると、店のふすまがするりと開いて、そこに立っていたのは、あの、一太郎の妹でありました。

「ええッ！」

真佐吉は思わず声をあげましてございます。

「お、おまえさん」

「真佐吉さん、ありがとうよ。あんたのおかげで此度も一番を取れたってもんさ」

実は――。

あれから真佐吉は、穴稲荷に通って妹に、暮らしの費えにしな、と稼いだカネを渡していたのでした。その額、たまりにたまって五十両。

可愛い妹に、どうにか幸せになってほしい。――その一心でございます。

その妹が、いつもと違って血色もよく、つやつやした肌で、杏《あんず》の小袖をつけて笑っているではございませぬか。

横には、にこにこ顔の一太郎。

唖然とする真佐吉を見て、仲間たちが、わっと笑ってございます。

「わっはっはっはっは！」

「やられたなあ」

「これでお前も、俺たちの仲間よ！」

真佐吉、立ち上がり、悔し紛れにこう言ったものでございます。

「コンちくしょう！　穴稲荷のお紺たァ、とんだ狐に化かされた」

ハナシを終えて又五郎、高座の真ん中に、ぴしりと手をついて頭を下げた。

そして、たっぷり間を取り、こう言った。

「整いましてございます。題して『穴稲荷のお紺』。いただきましたお題は、弁慶、辻君、狐

――。三笑亭可楽、三題噺でございました」

穴稲荷は、上野山中に昔からあった社で、稲荷様が下谷に移ったあと、ひとを騙す狐が住み着いたとされる。

しん、と静まり返った客席から。

ぱちりぱちりと拍手が湧いた。

その音は、だんだんと大きくなり、やがて万雷の歓声となった。

「凄ぇ。きちんと三題、納まっていやがった」

大喝采だ――。

舞台袖を見ると、焉馬、南畝のふたりが、顔を真っ赤にして、両手を叩いている。

小鉄と左団次は、抱き合っていた。

「やった！　大成功でござる」

「アニキ。すげえ――」

その奥に立っていた於奈津――舞台にいる又五郎と目があう。

目が、真っ赤だ。

さっと背中を向けて奥に行ってしまった。

すると、その時、興奮する客席の中、奥に陣取っていたサムライたちの間から、真っ黒な紋付を身に着けた立派なサムライが立ち上がった。

糊の利いた仙台平《せんだいひら》、すっきりと青い月代。

身分の高そうなサムライだった。

その整った顔を見て、舞台袖で手を叩いていた立川焉馬が、思わず叫んだ。

「お、小田切土佐守様！」

「ええっ」

「なんと――北町奉行様かい！」

その声に、満員の客どもが悲鳴をあげる。

この席で奉行所が手入れを行うというのか。

客席も楽屋も、大混乱となった。

すると小田切は両手を広げて大声を出し、町人どもの騒ぎを静めるように言った。

「騒ぐでない！　今宵は御用ではない。お忍びじゃ。下々で話題の寄席とやらを、見に来ただけよ」

芸人どもが高座に出て、平伏しようとするのを止めて、こう続ける。

「可楽とやら。たしかに拙者は三年前、立川焉馬を叱責した。そしてその折、こう言った。浮かれた芸能は民を堕落させ、ひとびとを不幸にする、半竹な芸、分を弁えぬものは罪毒と申した。しかし今宵、その言葉を撤回し、詫びようぞ」

「なんと申されます」

「可楽。貴様の芸はもとより、山手馬鹿人、林屋正蔵、三遊亭円生、立川焉馬の芸はすべて、努力に裏付けされた立派なものであった。貴様らが修業を怠らず、志高き勧進を続ける限り、向後、北町奉行所はそれを取り締まるまいぞ！」

わっ――と、それを聞いた町人どもが、歓声をあげる。

わあああと拍手、喝采。

「名奉行だ！」

「大岡越前以来の名さばき！」

座布団が飛ぶ。

又五郎、高座の上で頭をさげたまま、微動だにしない。

偉い奴の言うことなんざ、どうでもいい。

どうせ出世のための人気取りだ。

そんな奴のことよりも、親方のことだけが、気になった。

向かって右の升席にいる、京屋の源兵衛親方のほうを、そっと盗み見る。

親方は騒ぎの中、足元に呆然と座っている白木屋をほったらかして立ち上がり、口をへの字に曲げたまま両のコブシを握りしめ、怒ったような表情で又五郎を睨んでいる。

泣き出しそうな。

それでいて、今にも叱りつけそうな。

そんな顔つきだった。

(親方。重ね重ねの不孝に不義理——心より、心より、おわび申し上げます)

心中に呟き、又五郎はひたすら頭を下げ続けた。

【十一】 元祖の二文字

こうして京屋の又五郎、すなわち三笑亭可楽の名は、江戸じゅうに響き渡った。

孔雀茶屋の寄席の翌日、於奈津は、下谷の家を出て、焉馬の家に身を寄せていた又五郎のもとに奔《はし》った。

京屋の源兵衛親方は、又五郎を許すことはなかったが、むりに於奈津を連れ戻しに来ることもなかった。

又五郎の脳裏には、あの日、ひとり升席に立ち尽くし、なんとも言えない表情でこちらを見ていた親方の顔が焼き付いている。

お互い、意地っ張りの江戸っ子同士。

(申し訳ねえ)

又五郎は、遠くに手を合わせるしかできなかった。

又五郎と於奈津は、焉馬の手配で、ささやかな祝言をあげ、東両国の裏店に小さな所帯をもった。

そして又五郎は、小鉄である林屋正蔵と、左団次である三遊亭円生、それに〈噺の会〉の若手天狗連たちとともに、江戸府中で大小の興行を打っては、評判をあげていった。

『三題噺』が浸透すると、今度は一本の線香が燃え尽きる前に即席でハナシを作るという『一分線香即席噺』を仕掛ける。松戸から淡雪の弟子たちを呼んで興行した『天下一謎かけ合戦』も話題を呼んだ。つぎつぎと新しいことを仕掛けては世間を驚かせるのが、可楽の流儀だった。

そして又五郎、三十歳を過ぎてついに、江戸は本所両国に念願の定席を開設した。

ここに於奈津は、それまで続けていたかき餅屋《もちや》の内職を辞め、おかみさん業に専念することになる。

江戸で初めて、ハナシだけでメシを喰うハナシカ、三笑亭可楽の誕生である。

その成功を一番弟子として手伝った林屋正蔵。

近所の西両国に、自らの寄席〈林屋〉を開いた。

そして左団次。浅草の堂前に住み、人格者の『堂前の師匠』として若者たちの崇敬をあつめたが、知り合いの席亭の協力を得てやはり寄席の相談役となった。

これら定席の開設によって、初めてハナシカがハナシだけで生活を営む土台が、江戸の町にできあがった。

又五郎に呼ばれ、越ケ谷から江戸に出てきた小島芳太郎親分は、これら定席の立派な門構えを見あげて、感心して頭を振ってみせた。

「り、立派なモンだなあ。あのときの貸しが、こんなでっかくなって戻ってくるたァ、豪儀なこったぜ」

親分のうしろに隠れるように江戸にのぼってきた芸人たち——煙巻きの寅太、唐傘小僧、やまびこ男——そして、大臼のお蔦……。

十年分だけおばさんになったお蔦は、まぶしそうに言った。

「見違えちゃったよ、又五郎さん」

「なに、みんなのおかげだよ。蔦姐に教わった、牛と馬の喧嘩の芸がなけりゃ、今のおいらはなかったんだから」

「あんな田舎芸！　名人の前で、恥ずかしいよう」

「何を言ってンだ。格好つけた芸なんざクソくらえ。今でもおいらは、あの頃のまま、なンも変わらねえ」

その言葉のとおり、又五郎は生涯、雑芸と言われるハナシ以外の芸を、区別も差別もしなかった。ハナシだけでなく、紙切り、神楽芸、寸劇などさまざまな芸人を弟子にかかえた。

笑いを志す若者たちが、三笑亭、林屋、三遊亭に弟子入りの形をとり、互いに芸を磨いて、腕をあげていく。

やがて、江戸の寄席熱は高まり、空前の人気となった。

記録によれば、孔雀茶屋から十五年後、江戸に寄席は七十五軒。三十年後には百二十五軒。噺家の数は三百名を超える大盛況である。

この中で実力を認められた十名は、特に〈可楽十哲〉と呼ばれ、人気を集めた。

可楽十哲は諸説あり、明確な定義はないが、一説には以下とされる。

林屋正蔵　三遊亭円生　三笑亭可上　朝寝坊むらく　うつしゑ都楽

翁家さん馬　猩々亭左楽　佐川東幸　石井宗叔　船遊亭扇橋

初代立川談志も、可楽の弟子とされ、いくつかが、現代まで引き継がれる江戸東京落語の名跡となっている。

そして、天保元年（一八三〇）。

可楽を世に押し出した、孔雀茶屋の寄席から三十周年を記念して、上野山下の料亭『井筒』において宴席が開かれた。

主賓はもちろん、又五郎。

このとき五十歳を超えている。

広間をぶち抜いて作られた座敷に集められた、江戸の名士たち。

武家、商家、興行家、役者、作家、画家――その数二百。

手伝う弟子ども、百。

鳴り物、芸妓も何十人と呼ばれた大宴会となった。

又五郎は最初は上座に座ってにこやかに来賓の相手をしていたが、みんなが酔って座が入り乱れたところで、厠へ行くふりをして立ち上がった。

密かに料亭を抜け出す。

ひとり肩をすぼめ、門を出て、人ごみの広小路を渡り、どぶの臭いの下町へ。

又五郎は人知れず浅草道を右に折れ、下谷の稲荷社の境内に入った。

季節は秋。

狭い境内に、古い銀杏がうっそうと枝を伸ばし、金色の葉を散らしている。

「ああ――」

又五郎は酔いを覚ますかのように、大きな息を吸った。

ギンナンの匂いが、たまらない。

ああ、せいせいするなァ。

又五郎は思った。

（この場所、だったな）

三十二年前――寛政十年の夏に、初めてここで、寄席を勧進した。

若かったな。

勢いばかりで無茶をして、なにも考えていなかった。

そして、大失敗をした。

時の流れの、なんと早いことか。

「アニキ」

そんな背中に、声をかけるものがある。

頭に白いものが混じった小柄な男。上品な着物の裾をちょいとからげ、小さな頭に憎体な顔つき。髷は細くひょいとひねっている。

林屋正蔵――かつての〈呼び出し小鉄〉であった。

「どうしたんだよ、大事な宴会を抜け出したりして」

「おう――」

　又五郎、恥ずかしそうに鼻をこする。

「なんだか、急に気詰まりになってな」

「可楽の三十周年なんだぜ。つまり、江戸の寄席も三十周年ってこった。アニキがいなくてどうするンだよ」

「於奈津《オカミ》がうまくやってくれンだろ」

「しょうがねえなあ――」

　ふたりは、境内の落ち葉の上に並んで座った。

　弟子たちの前では、師匠、正蔵、と呼び合うふたりだが、ふたりきりになれば昔と変わらぬ。

「疲れちまったのかい？　宴会が好きなアニキらしくねえな」

「小鉄――覚えているか、この場所」

「忘れるわけがねえだろう」

「世間の連中は、寛政十二年の下谷広徳寺の孔雀茶屋が可楽の始まりと思っているが、本当のおいらはその二年前、寛政十年の、このちっぽけな境内の筵張りの粗末な小屋から始まったのさ」

「左団次も一緒にな」

「左団次はどうした？　今日は来てなかったな」

「あいつは大事な宴会だって気に入らなけりゃ出て来やしない。三遊亭にゃァ、デキる弟子がたくさんいるから、全部任せっきりだ。最近はハナシもやらねえんだぜ。趣味事、賭け事、この年になってまた遊びがひでえや。困ったもんだ」

「ははは」

「三人で小さく呑もうぜと言えば、出てくるよ」

小鉄は言いながら、周囲を見回した。

改めて、驚くほど小さな境内である。

よくまあこんな小さな敷地で、あんな大それたことをやったものだ。

しかもあのとき、お笑いの興行は公儀に禁じられていた。

今の若い奴らには想像もつかないことだろう。お笑いが、お上に禁じられていた時代があったなんて。

「若かったな」

又五郎は遠くを見るようにして言う。

「あのとき、櫛職人を続けていたらどうなっていたんだろうな」

「はは、そりゃァ大変だ。あれがなければ、今の寄席の流行なんかなかったんだから。ハナシカどもはみんな食いっぱぐれさ。あの時、アニキ以外に、軽口でメシを食おうなんて素っ頓狂は、ひとりもいなかったんだぜ」

「ちげえねえ」

「こりゃァ、アニキが始めたことなんだ」

「こんな大層なコトになるたァなあ」

「何を言ってるンだよ。今や可楽は、押しも押されもせぬ大名跡。江戸の話芸の創業者だ。團十郎にも負けねえ人気者じゃァねえか」

「おいらはただの江戸っ子。負けず嫌いで意地っ張り。それだけだ。勝負があれば負けたくねえ。恥をかいたらやり返す。それだけでやってきた。偉くなりたかったわけじゃァねえや」

「しかたねえだろ、今のアニキは偉いんだ」

「まったく野暮な話だなァ。ハナシカは偉いと言われたらおしまいだ」

「はははは」

「今も昔も変わらねえ。毎日自分らしい新ネタを考えて世間様を驚かしてやろうってえ企みだけよ——。だがそれも、今じゃあ誰も聞いてくれねえ。贔屓《ひいき》の奴らも、席亭どもも、師匠、昔の伝説のネタをやってください、などと言う。くそう、おいらは骨董じゃァねえぞ」

小鉄はじっと目を離さず、又五郎が語るのを聞いている。

この横顔、確かに年を取った。

しかし、不思議と輝いて、どこか変わらない。

小鉄は言った。

「——おいらが聞くよ。その新ネタってやつを」

「うむ。そうさな……今朝思いついたのはな」

又五郎は舌を舐めるようにして言った。

「歌舞伎に、大切って、あるだろう？」

「演目が終わったあとの、役者の顔見せだね」

「同じことを、寄席でやるんだ」

「顔見せを？」

小鉄は首をひねる。

「イイ男揃いの役者と違って、バカづらのハナシカを見て、客が喜ぶかね？」

「だから、そこで、頓智の勝負をする」

「どうやって？」

「お題を出して、解かせる」

「それはキツいね。今の若い奴らはついてこれないぜ。奴らは、みっちり稽古したネタをきっちり演じるのが得意だ。即席噺は奴らには無理だよ。場がしらけたら寄席の評判が落ちちまう」

「同じことを喜久亭の野郎にも言われたぜ。時代が違うってな」

「時代――」

「そんな昔の雑芸みたいなことをやっても、うまくいかないってさ」

「へえ」

「だが、おいらに言わせりゃァ、雑芸上等だよ。昔の越ケ谷なんざ、そんな芸の吹き溜まりだったんだからな。客前の即席はゴマカシがきかねえ。頭からケツまでホンモノだ。困ろうが、しくじろうが、キレイゴトのニセモノよりマシじゃねえか」

「うん」

「そこで今の人気の若え奴らと勝負して、この可楽様が勝ってやる。どうだ面白れえだろう」

又五郎の目が、黒々と輝いている。

小鉄は苦笑して、言った。

「面白れえよ、アニキ」

「だろ？」

「――その興行、おいらが買ったぜ」

「お前なら、そう言うと思ったぜ」

又五郎は肩をすくめて笑う。

「そんでな、小鉄」

「なんだい？」

「その大切だが、寄席では縁起良く、文字を『大きく喜んでご利益《りやく》がある』と書きてえ」

「ふむ、つまり――大喜利《おおぎり》」

「どうでえ、カラッと明るく、縁起がいいだろう」

「大喜利」

そういって小鉄は又五郎の顔を見る。

年老いた、又五郎の顔。

髪は白く、肌は皺くちゃだが、その奥にある黒い目は、いたずらっぽくきらきらと輝いて見える。

変わらない。

最初からなんにも変わらない。

小鉄は目を離さない。

照れたように、又五郎は言った。

「どうでい。サンショは小粒でもぴりりと辛い。これが、三笑亭可楽が流儀よ」


又五郎が死んだのはこの三年後のこと。

享年、五十七。

生前に名跡は譲ることなく、最後まで三笑亭可楽のままであった。

初代可楽の代名詞であった『三題噺』――可楽の死後、その難しさから、明治初期の名人、初代三遊亭圓朝による復興まで、五十年もの間、封印されることとなる。
今、試みに、可楽直筆の小噺集を開いてみよう。
その冒頭には、堂々と、こう記載されている。

江戸　落とし噺　元祖

三笑亭可楽

【付記】

本作は史実に着想を得た『小説』（フィクション）である。

主な参照図書として以下をしるし、先学の治績に感謝する。

これ以外に、蔵書せずに図書館などを利用して参考にした図書・ウェブサイトが多くあったが、記載は割愛させていただく。

『図説　落語の歴史』　山本進　河出書房新社

『江戸時代落語家列伝』　中川桂　新典社

『落語の歴史　江戸東京を舞台に』　柏木新　本の泉社

「別冊太陽　十代目　柳家小三治」　別冊太陽編集部編　平凡社

『初代桂文治ばなし』　桂文我　青蛙房

「三笑亭可楽自筆小咄集」（翻刻）　延広真治編　名古屋大学出版会
（『後藤重郎教授停年退官記念　国語国文学論集』所収）

『よってたかって古今亭志ん朝』　志ん朝一門　文藝春秋

『古典落語１００席』　立川志の輔選・監修　ＰＨＰ研究所

『江戸の小ばなし』　宇野信夫　文藝春秋

『幕末明治見世物事典』　倉田喜弘編　吉川弘文館

『歌麿　抵抗の美人画』　近藤史人　朝日新聞出版

本書は書き下ろし作品です。

吉森大祐（よしもり・だいすけ）

1968年東京都生まれ。慶應義塾大学文学部卒業。大学在学中より小説を書き始める。電機メーカーに入社後は執筆を中断するも、2017年「幕末ダウンタウン」で小説現代長編新人賞を受賞。著書に『逃げろ、手志朗』。

ぴりりと可楽《からく》！

第一刷発行　二〇二〇年八月十七日

著　者　吉森大祐《よしもりだいすけ》

発行者　渡瀬昌彦

発行所　株式会社　講談社

〒112-8001東京都文京区音羽二―一二―二一

電話　出版　〇三―五三九五―三五〇五

販売　〇三―五三九五―五八一七

業務　〇三―五三九五―三六一五

本文データ制作　講談社デジタル製作

印刷所　豊国印刷株式会社

製本所　株式会社国宝社

定価はカバーに表示してあります。

Printed in Japan　ISBN978-4-06-520577-8

N.D.C. 913　334p　19cm